NATO PER SEGUIRE LE TRACCE

Reuben Cole – I Primi Anni Libro 1

STUART G. YATES

Traduzione di
VALENTINA TRUCCO

*Dedicato al piccolo Moreneto, questo è stato il primo lavoro che ho completato
dopo averci lasciato l'11 luglio 2020.
E per Libby, che ti ha amato così tanto.*

PROLOGO

All'inizio del ventesimo secolo, Reuben Cole, un tempo esploratore dell'esercito, noto alle popolazioni indigene come "Colui che viene", è vicino alla fine della sua carriera intrisa di sangue. Duri e implacabili anni di brutalità e violenza hanno lasciato il segno. Non è più l'uomo che era, l'ultimo caso gli è quasi costato la vita. La realtà è che è vecchio e lento, e ora lo accetta, anche se a malincuore, come fanno molte persone che invecchiano. Annuncia il pensionamento alla sua amante addolorata, e lei gli dice che un giornalista è andato a trovarli. Vuole scrivere della carriera di Cole per un avido pubblico di lettori assetati di storie del "Selvaggio West". Esitante all'inizio, Cole accetta e racconta la parte formativa della sua carriera durante la quale ha imparato a seguire le tracce e a rimanere vivo nel duro e inesorabile West.

Come ha detto al giornalista, "Ecco la storia come l'ho vissuta. Non ero presente a tutto quello che è successo, e alcune scene mi sono state raccontate in un secondo momento. Ma è tutto vero, ogni parola".

Questa è la sua storia.

CAPITOLO UNO

Sua madre sta per morire. Lui lo sa, senza che glielo dicano. Il dottor Miller veniva un giorno sì e uno no, ma ultimamente due volte al giorno. Reuben, quattordici anni, siede in un angolo e guarda l'andirivieni senza parlare, senza chiedere mai. Non ce n'è bisogno. Vede tutto nelle rughe dei loro volti e nell'ombra spettrale della pelle di carta di riso di sua madre. Anche nel modo in cui suo padre si trascina per la casa con un aspetto vecchio e curvo, a malapena in grado di guardarlo in faccia.

Il dottor Miller gli stringe la spalla e gli fa un cenno rassicurante. Reuben sostiene lo sguardo del vecchio. "Si riprenderà?"

Il dottore stringe le labbra e scuote la testa.

Si allontana, lasciando Reuben ai suoi pensieri.

Reuben sprofonda profondamente in sé stesso, rivolgendo la sua mente ai ricordi e si prende il viso tra le mani e piange in silenzio. Lei è sua madre e sta per morire. Il suo mondo si sta sgretolando e lui non può fare nulla per impedirlo.

Quel mattino, quando finalmente scende le scale, gli uomini sono in piedi in salotto, con i bicchieri in mano, nessuno disposto a incontrare il suo sguardo, così decide di uscire. Si sente combattuto. Sua madre giace nel letto e con lei non c'è nessuno. Dovrebbe restare, accarezzarle la fronte febbricitante, ma il dottor Miller lo ha avvertito. Non deve toccarla. Ha anche detto che sarebbe meglio non entrare nemmeno in camera. Seguendo quel consiglio, per tutto il giorno Reuben si accovaccia in corridoio, con la testa contro la porta, ascoltando il suo respiro affannoso. Ma seguire i consigli non mitiga il dolore o il senso di colpa. Ora, con passi pesanti, scivola fuori di casa, senza preoccuparsi che qualcuno lo veda uscire.

Fuori fa freddo. La neve è già caduta nella notte e, nel pesante biancore del cielo, ne minaccia ancora. A lui non importa. Monta sulla vecchia Nora e la porta lontano dal ranch. Ama il ranch. Ama il modo in cui la brezza si muove attraverso i campi, il modo in cui il cielo si estende all'infinito, le montagne lontane una macchia viola sullo sfondo blu. Tutto ciò che vede è di proprietà di suo padre e un giorno tutto gli apparterrà. Reuben Cole. Un ragazzo il cui futuro è garantito.

Solo che lui non lo vuole.

Non crede di voler essere un allevatore. Non ancora, non con sua madre che sta per lasciarlo per sempre. Non ascolterà più le sue parole gentili, la sua guida e il suo incoraggiamento. Lei lo sta lasciando con tutta la vita davanti a sé, con tutte le sue incertezze, eccitazioni, avventure e avversità, tutte da affrontare da solo.

Quindi, cavalca. La sua mente è un paesaggio spazzato dal vento di emozioni in costante cambiamento, le sue paure tinte di tristezza si mescolano ai sogni dell'ignoto. Il grande mondo è tutto intorno a lui e lo trova mozzafiato ma così scoraggiante. Così imprevedibile.

Cavalca con la mente lontana fino a quando i ricordi si profilano grandi e vividi. Ricorda il viso sorridente di sua madre, il suo profumo che gli riempie le narici. Se chiude gli occhi, può ancora vederla. Com'era prima che la malattia le devastasse i lineamenti, rendendola fragile e pallida. Bella. Sorridente, sempre sorridente.

Raggiunge un luogo che non conosce. Riprendendosi dalle fantasticherie, osserva il paesaggio. Intorno a lui, le scogliere frastagliate e scorticate dal vento sono così alte che non riesce a vederne le cime. Gli uccelli volano lì; senza dubbio avvoltoi in cerca di un banchetto. Rabbrividisce, si contorce, sgancia la borraccia e beve a lungo. Nora respira a fatica. Devono aver cavalcato per ore e spesso i cumuli di neve sono profondi. Si rimprovera di non essersi concentrato di più su dove stava andando. La dirige verso un groviglio di alberi e ginestre e smonta. Accarezza la vecchia cavalla sul collo e, muovendosi rapido, slaccia la sella e la libera. Premendo il viso contro il suo muso, le bacia le froge dilatate, e lei risponde, sbuffando dolcemente.

Mentre conduce Nora tra i rami sporgenti, a un certo punto mette giù la sella e, allentandosi i pantaloni, piscia contro uno sperone di roccia, chiudendo gli occhi per godersi la sensazione di sollievo. Nora sbuffa di disgusto per il fetore. Ha trattenuto il contenuto della vescica per troppo tempo.

In una delle sue borse c'è del pane duro. Prende un morso, ci stringe i denti e sgranocchia finché non riesce a deglutire. Sa di corda vecchia e secca, e lo manda giù con l'acqua della borraccia. Suo padre a volte portava con sé whisky o birra da bere durante le cavalcate più lunghe. Reuben non ha ancora provato il whisky. Vorrebbe averlo fatto.

Tornando all'ombra, stende una coperta sulla schiena di Nora prima di sdraiarsi a terra. La seconda coperta la mette intorno alle spalle. Anche se molti sassolini gli colpiscono la schiena, è stanco, la giornata è mite grazie al sole e presto i suoi occhi diventano pesanti. In pochi istanti si addormenta.

Qualcosa lo costringe a svegliarsi. Un grido lontano lo fa scattare in piedi. Per un momento è disorientato. Strofinandosi gli occhi, si guarda intorno. Nora è ferma, con le orecchie tese. Il suono arriva di nuovo. Grida acute, troppo lontane per riconoscere le singole parole, ma abbastanza vicine perché Reuben sappia che sono le voci di diversi uomini arrabbiati.

Si alza, getta via la coperta e si scuote. Spostandosi dove ha posato le bisacce, tira fuori dal fodero il fucile per gli scoiattoli. È un vecchio fucile che gli ha regalato Floyd Henderson qualche anno prima , uno dei capi del ranch. Dimostrando di avere un talento naturale, Reuben si portava spesso in alto, prendeva di mira il granaio principale e sparava ai topi che andavano e venivano. Henderson diceva che era un "tiratore scelto", qualunque cosa significasse, e lui si crogiolava nelle lodi di quel grand'uomo. Non si aspetta mai di usare il fucile con rabbia. Un fremito lo attraversa.

Dardeggiando dal suo posto all'ombra, si dirige verso uno sperone di rocce e si mette a guardare.

Attraverso il terreno accidentato, si avvicina un uomo di corsa. È seminudo, con lunghi capelli neri che gli scendono dietro la schiena in una coda di cavallo. I suoi pantaloni sono fatti di stoffa grezza, forse di pelle animale, e in mano ha un arco. Reuben inspira l'aria. Un indiano. Una volta Henderson gli ha detto che i Kiowa cacciano nelle vicinanze e che se mai ne avesse visto qualcuno avrebbe dovuto dirlo subito ai suoi. Henderson li chiama selvaggi, ma Reuben non ne ha mai visto uno, fino ad ora e, da dove è accovacciato, l'uomo non sembra affatto selvaggio.

Corre con una grazia naturale sulla neve, il suo passo è lungo e rilassato, la testa ferma come se fosse in profonda concentrazione.

Dato ciò che si profila dietro di lui, non è improbabile che sia così.

C'è un cavaliere, che usa il suo cappello per battere la groppa del proprio cavallo, incitando l'animale. Non è però quest'uomo che sta gridando e Reuben si sforza di vedere se scorge qualcun altro là fuori nella pianura.

Non c'è nessuno in vista, così torna a guardare.

Il cavaliere sta guadagnando terreno sull'indiano. Il terreno sotto la neve è infido, rotto da rocce, grandi e piccole, disseminate ovunque, ognuna delle quali potrebbe rivelarsi pericolosa per il cavallo. Il suo galoppo è goffo, l'animale fa attenzione, ma il cavaliere sembra ignaro: "*Andiamo, misero buono a nulla!*" Ma il cavallo non è stupido, e Reuben non può fare a meno di ridere.

Il divertimento lo abbandona immediatamente quando vede il cavaliere estrarre la pistola. Risuonano diversi colpi, nessuno dei quali colpisce il bersaglio, e Reuben vede l'indiano aumentare la sua corsa. Svolta da un lato all'altro in modo irregolare e imprevedibile. Reuben capisce che è un modo per disturbare la mira del cavaliere. E si chiede, mentre guarda, perché il selvaggio non si ferma, si gira e tira con l'arco.

Quando si concentra, comprende il motivo. Il selvaggio non ha frecce.

Poi vede una cosa straordinaria.

L'indiano si ferma. Si gira e aspetta, con le braccia penzoloni lungo i fianchi. Si è arreso, pensa Reuben? Ha accettato il proprio destino, rassegnandosi al fato che lo attende?

Ma no. Mentre il cavaliere si avvicina, sparando colpi imprecisi, l'indiano si muove all'ultimo momento, deviando da un lato, afferrando le redini e tirandole giù con violenza. La testa del cavallo scatta di lato, un urlo terrificante esce dalla sua bocca schiumosa. Il cavaliere si scaglia con la rivoltella, ora ovviamente scarica, ma, proprio la sua mira, è incauta e l'indiano gli afferra il braccio e lo fa oscillare sulla sella. Ora tutti e tre, cavallo, cavaliere e indiano, intraprendono una danza macabra, mentre si muovono in un cerchio stretto. Il cavallo solleva grandi sbuffi di neve polverosa e il cavaliere cerca disperatamente di liberarsi. L'indiano riesce infine a staccare il cavaliere dal cavallo che, sbilanciato e terrorizzato, si accascia. L'indiano balza all'indietro per evitare il vortice di membra umane e animali mentre entrambi si schiantano sul terreno.

Lo sfortunato cavaliere, bloccato sotto la mole del cavallo, lotta freneticamente. L'indiano si muove agilmente, il coltello appare dal nulla nella sua mano. Il cavaliere colpito tende una mano aperta, la sua voce, quando parla, è fragile per la paura. "Per favore", dice, "per favore, no!" Ma l'indiano ignora le suppliche disperate dell'uomo. Rapido e deciso, affonda la pesante lama nella carne del cavaliere, tagliandogli la gola. Segue un'eruzione di denso sangue nero, ma se pensate che sia la fine, vi sbagliate.

Dall'aria bianca e gelata appaiono altri cavalieri, che galoppano in avanti, gridando di rabbia, con le pistole sguainate. I loro colpi vanno a vuoto ma, man mano che si avvicinano, non passerà molto tempo prima che raggiungano l'indiano. Reuben si accovaccia, fissa gli occhi sull'inquietante scena che si svolge davanti a lui. È combattuto tra l'intervenire e rimanere un osservatore distaccato. Le storie di questi indiani, gli orrori che hanno perpetrato, gli scorrono nella mente. Ma qualcosa, l'ingiustizia di ciò che vede, lo spinge a reagire. Alza il fucile, con l'intenzione di spaventare i cavalli con un colpo ben piazzato tra i loro zoccoli e costringerli a deviare. Questo potrebbe dare all'indiano la possibilità di scappare o di restare in piedi e affrontare un combattimento leale.

Reuben è bravo con il suo fucile.

Gli scoiattoli si muovono velocemente e lui può colpirli da cento passi, a volte di più. E un cavallo è molto più grande. Alcuni colpi uniformemente distanziati nel terreno tra gli zoccoli degli animali li spaventeranno, forse disorienteranno i cavalieri, come minimo causeranno confusione.

Socchiude la canna, prende fiato, misura e lascia partire un colpo.

Spesso ripensa a quel momento. Nei momenti di calma, da solo nel suo letto, le prime ore così nere, così piene di terrore, rivive ogni dettaglio come se fosse ancora lì. E ogni volta l'orrore non diminuisce mai.

Il primo colpo colpisce il terreno a pochi centimetri dal cavallo di testa. Esattamente come spera, il cavallo nitrisce, si impenna e getta il cavaliere fuori dalla sella. Reuben non ha bisogno di controllare per sapere che l'uomo è caduto a terra di testa con una forza tale da spezzargli il collo. Il peggio segue rapidamente. Mentre il corpo dell'uomo sbatte contro la terra dura e impattante, la pistola che tiene ancora in mano esplode. Che sia l'angolo o semplicemente il destino, Reuben può solo immaginarlo. Qualunque sia la ragione, il colpo partito per sbaglio colpisce il cavaliere dietro nel petto e anche lui cade.

L'uomo si contorce per qualche istante prima di irrigidirsi, un braccio congelato teso verso l'alto come se si aggrappasse a qualche mezzo invisibile, in cerca di aiuto.

Non c'è nessuno.

Due uomini morti nel giro di una manciata di secondi.

I cavalieri sopravvissuti lottano per controllare i cavalli imbizzarriti dal terrore. Si voltano e, spronando i fianchi dei loro cavalli e frustandoli con le redini, partono al galoppo in una nuvola di neve e con una buona dose di paura.

Rimasto a guardare, Reuben ci prova, ma scopre che non può muoversi. Radicato sul posto nell'orrore, vede i due cavalli senza cavaliere che scalpitano per liberarsi e scompaiono in lontananza, lasciando gli uomini morti sul terreno.

Il fucile scivola dalle dita di Reuben. Lui non reagisce. Ha la bocca aperta, gli occhi smarriti, cerca di venire a patti con quello che ha fatto. Perché è tutta colpa sua. Sua la responsabilità, sua la cieca stupidità nell'ordire un piano così sconsiderato che poteva solo portare al disastro. Vorrebbe scappare, ma non ha la forza.

E poi qualcosa di inaudito e invisibile gli preme contro la schiena. Una mano forte lo afferra sotto il mento mentre un'altra gli punta un coltello dalla lama affilata contro la gola.

Reuben si sente lo stomaco in subbuglio.

È l'indiano. Si è avvicinato di soppiatto e sta per ucciderlo.

Tutte le forze gli abbandonano le gambe e lui cede. Ma la mano dell'uomo scivola dalla sua gola lo afferra sotto l'ascella e lo tiene su. Premendo contro il suo orecchio, una voce dall'accento pesante dice: "Non svenire su di me, ragazzo".

Gira Reuben e lo fissa. Reuben è attratto da quegli occhi, ipnotizzato dal momento, dal pericolo. Vorrebbe implorare, supplicare per la propria vita, farsi capire da questo selvaggio, ma anche se dà forma alle parole nella mente, nulla gli esce nulla dalle labbra. È come se avesse perso il potere della parola. È in balia di quest'uomo.

"Perché mi hai aiutato?"

La domanda merita una risposta. Reuben lo sa, eppure non riesce a trovare una spiegazione. Teme che il selvaggio perda la pazienza, lo colpisca, lo sbatta a terra.

"Sei muto?" L'indiano inclina la testa. "Non avere paura. Mi hai salvato la vita. Non ho intenzione di farti del male. Ma se sei muto... dammi un segno".

Questo selvaggio non è un idiota, un sempliciotto maldestro, ma un pensatore, un uomo che comprende.

Reuben si schiarisce la gola, con uno sforzo enorme perché crede che qualsiasi tipo di movimento o reazione galvanizzerà il selvaggio in azione. Quindi, aspetta e lentamente le sue labbra si aprono. "Io non... non volevo uccidere nessuno".

"Ne sono certo, mio giovane amico. Ma tu l'hai fatto. Questo significa che torneranno. In molti di più. Torneranno e ci daranno la caccia, a tutti e due. Quindi, dobbiamo lasciare questo posto, tagliare per la campagna, e trovare un posto dove nasconderci. Non posso tornare al mio villaggio, sarebbe pericoloso per le donne e i bambini. Quindi, dobbiamo andare, da soli. Prendi il tuo fucile e corri con me. Il mio nome è Orso Bruno".

"Sono Reuben. Reuben Cole".

"Allora, Reuben. Dobbiamo andare".

"Ho Nora. Potremmo cavalcarla entrambi".

"Quel ronzino?"

"Sarà anche vecchia, ma ci sa fare".

"Mi fido di te. Ho poca scelta. Mi hai offerto il dono della vita".

Reuben prende Nora e si solleva con cautela sulla sella. Allunga un braccio e solleva il suo nuovo amico per farlo sedere dietro di lui. Reuben è giovane. La paura e l'incertezza lo costringono a proseguire. Prega silenziosamente che qualcosa di simile mantenga la forza nelle zampe stanche di Nora.

CAPITOLO DUE

Cavalcano ad un ritmo sostenuto, Reuben è ben consapevole dell'età di Nora. È ancora forte, ma fatica sotto il peso di due cavalieri. Quindi, Reuben la tratta con delicatezza, senza spingerla mai quando a volte vacilla. Anche così, percorrono una buona distanza prima che Orso Bruno, girandosi per guardare in lontananza dietro di loro, sibila. "Vedo segni di cavalieri che ci seguono".

Senza una parola, Reuben vira a sinistra e si dirige verso un grande ammasso di rocce. Alcune sono enormi e sono troppo grandi per arrampicarsi, altre però offrono una copertura sufficiente per nascondersi, e Reuben si dirige verso queste. Dopo aver smontato, porta Nora ben fuori dalla vista. La azzoppa, consapevole che qualsiasi sorpresa potrebbe spaventarla e costringerla a scappare.

"Lo fai come se ci fossi abituato", dice l'indiano. Si sta sistemando dietro un grande masso e mima di incoccare una freccia. Non ne ha e, come per dare peso alle parole, scuote la testa e abbassa il mento, in seria contemplazione. "Se si arriva ad un combattimento, non prevarremo. Tu con il tuo fucile da scoiattolo a colpo singolo e io... neanche una freccia".

"La cosa migliore è rimanere nascosti. Calmi e silenziosi,

finché non passano. Potremmo poi tornare indietro, confondendoli e disperdendo le nostre tracce".

L'indiano guarda Reuben con gli occhi spalancati e scuote la testa. "Quanti anni hai?"

"Quasi quindici".

"Parli con la mente di qualcuno che ha il doppio della sua età. Sono felice che ci siamo incontrati".

"Mi perdonerai se esito a dirmi d'accordo".

L'indiano sogghigna prima di lanciare uno sguardo dal masso dietro il quale entrambi si riparano. "Si stanno spostando verso est. Non sono inseguitori".

Ora è il turno di Reuben di ridacchiare. "Sembri un bianco da come parli".

"Ho vissuto con la vostra gente per molti anni. Di tanto in tanto ho seguito le tracce per l'esercito, ho guadagnato abbastanza soldi da scambiare con cibo e attrezzature per aiutare la mia famiglia".

"Hai fatto il militare? Quando è stato?"

"Alcuni anni fa. Le cose stanno cambiando perché la gente pensa meno agli attacchi indiani e più alla minaccia di combattersi tra di loro".

"Ho sentito che ci sono discussioni tra alcuni stati e il governo. Non so molto, solo quello che mi dice papà. Dice che non è preoccupato perché dubita che, se i combattimenti arriveranno, si estenderanno anche qui".

"Potrebbe avere ragione. Lo spero."

"Pensi che sarà brutto se si combatte?"

"Penso che sarà molto brutto". Torna a nascondersi dietro il masso e distende le gambe. "Dovremmo aspettare il crepuscolo e poi tornare indietro da dove siamo venuti". Fa l'occhiolino. "Come hai suggerito tu, mio saggio amico".

Reuben tira un sospiro. "Potremmo provare a tornare al ranch della mia famiglia. A nessuno verrà in mente di andarci".

"Potrebbe non essere una buona idea".

"Perché? Perché sei un indiano?"

"Preferirebbero la parola selvaggio, ne sono sicuro".

"Allora ti sbaglieresti. Papà ha combattuto nella guerra messicana. Mi ha detto di aver imparato molto sul rispetto reciproco e sulla tolleranza, in quel periodo".

"E quelle lezioni le ha trasmesse a te".

"Mi piace pensarlo".

"Lo so, giovane amico". Si rovescia il cappello sugli occhi e si sistema.

Reuben lo guarda per un pò prima di sdraiarsi a sua volta, chiudere gli occhi e addormentarsi.

È la mattina del funerale. Sono presenti tutti quelli che contano, con papà che sembra essere congelato, è così rigido. Doc Miller è vicino, il viso rigato dalla preoccupazione, e anche Henderson, con il solito sigaro stretto in un angolo della bocca. Henderson porta una pistola e mi domando come mai. Perché la pistola in un giorno simile, al funerale di mamma? C'è anche Daisy, la nostra cuoca, che piange incessantemente con suo marito, Rolles, che la tiene stretta. Rolles è un uomo enorme. Svolge tutte le mansioni domestiche, pulisce, ripara, fa tutto quello che papà gli dice di fare. Non l'ho mai sentito lamentarsi, ma d'altronde non lo sento quasi mai parlare. Oggi non fa eccezione, a parte il fatto che i suoi tratti del viso sono raggrinziti dal dolore.

Poi c'è Benny Bean. Non sono sicuro che sia il suo vero nome, ma è così che lo chiamo perché è alto e magro, come un fagiolo. Credo però che il suo nome *sia* Benny. Andava a trovare la mamma tutti i giorni quando era a letto malata, e ricordo che andava a trovarla anche prima, soprattutto quando papà era fuori al poligono. Questo non mi dava fastidio allora, perché non sapevo bene cosa significasse, ma ora sono più vecchio e comincio a vedere le cose molto più chiaramente di prima. Benny è il più sconvolto di tutti, anche di Daisy. Le lacrime gli scendono incontrollate sul viso. Indossa una giacca nera e dei pantaloni a righe infilati in alti stivali da equitazione neri. Sfoggia una sottile cravatta con lacci e una camicia bianca. Tiene in mano il cappello nero che normalmente si trova sulla sua testa, una testa sormontata da capelli grigio ferro. Se qualcuno si chiedesse chi è, probabilmente direbbe che è il becchino. Ma non lo è. È l'amante di mia madre. Ora lo so. Se l'avessi saputo prima, non so cosa avrei fatto. Mamma era sempre felice in sua compagnia. Non lo è mai stata in quella di papà.

Ma papà è un uomo buono. Posso vedere le lacrime sgorgare dai suoi occhi mentre il predicatore, un uomo magro e scheletrico di nome Hotspur, arriva alla fine della preghiera. Qualcuno da qualche parte geme e io cerco tra i volti per cercare di capire chi sia, ma non ci riesco. Ci sono così tante persone qui. Forse un centinaio. È una giornata fredda, grazie a Dio, perché qui fuori, esposto alle intemperie com'è, il sole potrebbe spaccarti la testa come un uovo. Forse Dio è dalla nostra parte, anche se ne ho spesso dubitato. Soprattutto ora, con quello che è successo alla mamma. Qualcuno ha detto che era scarlattina, qualcun altro che era vaiolo. Che sia dannato se lo so. Tutto ciò che so è che è morta, e credo che sia stata una specie di punizione per come si stava comportando. Mi chiedo se papà ne sapesse qualcosa. Lancio un'occhiata verso di lui. Ci siamo solo io e papà ora, e papà mi spaventa. Il modo in cui può essere così distante. Così freddo. Non credo di riuscire a ricordare una volta in cui mi abbia tenuto vicino, mi abbia confortato. Non come mamma, che era sempre lì con quel bel sorriso caldo. Un sorriso che ha resistito anche dopo che Benny è entrato nella sua vita.

C'è una colluttazione. Un grido spaventato risuona. Alzo lo sguardo e papà è alle prese con Benny e stanno cadendo a terra. Mi sposto in avanti e vedo Henderson che estrae la pistola. Altre persone gridano e sbraitano, l'assemblea si disperde. Non è così che dovrebbe essere. Non qui, non ora, con la mamma che non è nemmeno ancora sotto terra.

"Per l'amor di Dio, basta!"

Ho un sussulto. Sono io che grido. La mia voce suona così

acuta, così arrabbiata, e tutti guardano. Benny si alza a fatica in piedi, togliendosi la polvere dal cappotto stirato. Poi arriva lo scatto della pistola di Henderson, il cane che viene armato. Il mio sguardo si concentra sulla canna, che inghiotte tutta la terra da quanto è grande. Farà un enorme buco nella mia vita e porrà fine a quella di Benny.

Come si può arrivare a questo?

Grido "No!" ma so che è troppo tardi e la grande pistola esplode.

———

Reuben si alza, l'urlo muore sulle sue labbra. Bagnato di sudore vede Orso Bruno che raccoglie le sue cose, la normalità della scena porta Reuben al completo risveglio. Spinge l'orrore dell'incubo in fondo alla mente, si alza, sbadiglia e si stiracchia come un gatto, gemendo per il piacere di farlo. Schioccando le labbra, accetta con gratitudine la borraccia offerta da Orso Bruno. "Stavi sognando".

"Sì."

"Piangevi. Non sapevo se dovevo svegliarti. Chi è Benny Bean?"

Reuben alza le spalle. Non vuole entrare nel merito di quelle cose in quel momento. Beve, si pulisce la bocca con il dorso della mano e forza un sorriso. "Per quanto tempo abbiamo dormito?"

"Un'ora, forse due. Tu, molto di più".

"Cosa, mi hai lasciato dormire dopo che ti sei svegliato?"

"Avevi bisogno di riposo". Alza il collo per osservare il cielo. "Presto sarà sera. Un buon momento per muoverci".

In silenzio preparano le loro cose, caricando Nora, che guarda Reuben con quegli enormi occhi marroni scintillanti come se dicesse: "Ti prego, trattami bene, gentile padrone".

"A cosa stai pensando?" chiede Orso Bruno, un sorriso sottile sulla sua faccia marrone dai lineamenti duri.

"A come gli animali non si lamentano mai. Semplicemente

vanno avanti con la vita". Scuote la testa. "Vorrei essere così a volte".

"Solo qualche volta?" Tira un sospiro e si gira verso l'orizzonte. "Quanto dista il tuo ranch?"

"Mezza giornata, ma con Nora appesantita da noi due, forse di più".

"Sarebbe sciocco farle troppa pressione".

"Dato questo, dovremmo essere lì nel tardo pomeriggio di domani, credo".

"Forse tuo padre non mi accoglierà".

"Te l'ho già detto - è tollerante, comprensivo. È un uomo premuroso".

Un sorriso. Orso Bruno fa cenno a Reuben di montare e si fanno strada attraverso la vastità della pianura innevata, illuminata solo dallo scintillio delle stelle che stanno spuntando.

CAPITOLO TRE

"Sono buoni".

È l'immobilità del mattino, l'aria frizzante, nessun rumore da nessuna parte. Hanno cavalcato tutta la notte e ora sono a circa un'ora dal ranch. Orso Bruno è in ginocchio e legge i segni nella terra. "Si sono spostati dietro di noi".

Nel corso delle prime ore, ha già cominciato a mostrare a Reuben come leggere vari segni. Cose elementari ma rivelatrici per Reuben che non sapeva nulla del significato di un pezzo di felce rotto, una leggera impronta nel terreno. Ora, seduto a cavallo della sua fedele Nora, Reuben sente lo stomaco rovesciarsi mentre carica il fucile da scoiattolo e studia l'espressione seria di Orso Bruno. Il fucile ha una portata ottimale di venti passi al massimo. Ha bisogno di nervi saldi e di tutta la sua abilità se vuole che ogni colpo vada a segno. Deglutisce con forza. "Com'è possibile?"

"Qualcuno del loro gruppo è un segugio". Si alza, stringe le mani nella parte bassa della schiena e si stiracchia. "Ci tenderanno un'imboscata, forse da lì". Indica una distesa di ginestre frammiste a scintillanti affioramenti di roccia. "Non vedo nessun altro posto da dove potrebbero lanciare un attacco".

"Quanti sono?"

"Abbastanza".

Reuben tira un sospiro. "Allora, cosa facciamo?"

"Cavalchiamo verso est. Forse a un'ora o due di distanza c'è il fiume. Se riusciamo ad arrivare lì, a trovare un posto dove nasconderci, potremmo avere una possibilità. Una piccola possibilità, ma meglio che restare qui fuori all'aperto".

"Ma se rompono la copertura e ci inseguono, ci saranno addosso. Nora non può superarli. Saremo morti".

"Non abbiamo scelta, giovane amico. Siamo morti in ogni caso".

"Conosco questa terra", disse Reuben, serrando la mascella, "e prima di arrivare al fiume c'è la capanna della vecchia Ma Gracie. Possiamo fare una sosta lì".

"Quanto lontano?"

"Difficile da dire con certezza, ma piuttosto vicino".

"Aiuterà?"

"Chi? Ma Gracie?" Reuben ridacchia nonostante la situazione. "È morta durante la rivoluzione, così mi ha detto papà! La sua capanna è un rudere, senza tetto. Probabilmente sarà piena di coyote o procioni, ma è il meglio che possiamo fare. Però penso che dovremmo camminare, non far capire che sappiamo che ci stanno aspettando. Potrebbero stare a guardare, e vedranno la polvere che Nora solleverà se galoppa".

"Sei più saggio della tua età, amico mio. Se ce la faremo, ti insegnerò ogni abilità che conosco, dal sopravvivere qui nel deserto al rintracciare i tuoi nemici. O anche i tuoi amici!"

Sarebbe una buona cosa da sapere, pensa Reuben mentre scende dalla sella, accarezza il muso di Nora e prende le redini in mano. "Grazie", dice e inizia lentamente il viaggio attraverso il terreno aperto verso la capanna della vecchia Ma Gracie.

Nessuno dei due osa guardare verso il punto in cui le ginestre e i massi si ergono così cupi e silenziosi. Entrambi sanno cosa li aspetta lì. Reuben non vede alcun segno dei nemici, ma si fida del suo amico indiano. Tenendo lo sguardo sul nuovo percorso che ha scelto, il suo passo è fermo e la sua voce bassa mentre parla. "Dimmi, Orso Bruno, qual è la tua tribù".

"La mia tribù?"

"Scusami, è una cosa offensiva da chiedere? Non ho mai... Mi dispiace, la mia esperienza di vita non mi permette di sapere molto sugli indiani".

"Il mio *popolo si* chiama Shoshone. Viviamo in piccoli gruppi familiari e commerciamo con i coloni bianchi a nord-ovest di qui. È stato durante questo commercio che si sono verificati i primi problemi".

"Problemi con quegli uomini che volevano ucciderti?"

Orso Bruno annuisce. "All'inizio sembravano abbastanza ragionevoli. Avevo pelli di bufalo e tendini e io cercavo mais e zucche da scambiare. Di solito queste cose sono una formalità. Molti di quelli con cui commerciavo mi conoscevano e le mie visite erano ben accette. Ma questa volta le cose erano cambiate. Questi uomini erano diversi. Il forte dove andavo sempre non c'era più. Beh, l'edificio c'era, le mura, le torri, ma i soldati se ne erano andati. Spariti. Suppongo che siano stati richiamati a causa di ciò che sta accadendo a est. Si sono lasciati alle spalle un gruppo di uomini confusi, persi, abbandonati. Persino disperati. Uomini che erano dei vagabondi; uomini che ignoravano le regole".

"Regole? Papà mi ha sempre detto che non ci sono regole qui, e certamente non nei Territori".

"Non le regole formali, parlo di quelle non scritte. Quelle che avevano permesso alle nostre vite di continuare senza fretta e senza pericolo. Ma questi nuovi uomini, perché questo è ciò che erano, non avevano alcun *rispetto* per le consuetudini. Appena arrivai al forte con il mio mulo da soma dietro di me, mi maltrattarono e mi rimproverarono. Mi chiamavano con nomi che avevo già sentito prima, ma mai diretti a me. Alcuni di loro mi chiamarono 'Comanche Assassino' e io feci del mio meglio per non guardare o ascoltare. Ma divenne più difficile quando si avventarono su di me. Erano in sei. Uomini duri con occhi neri e pieni di odio. Il mondo è cambiato, mio giovane amico, e non credo che tornerà com'era per molti, molti anni".

"Ma perché quegli uomini sarebbero andati al forte? Cosa ci facevano lì se non volevano commerciare con voi?".

"Credo che stessero fuggendo dai problemi che si stanno sviluppando nella loro patria. Ho conosciuto molti uomini del genere, codardi, disperati, uomini fedeli soltanto alla propria avidità. Dove molti vedono confusione e pericolo, altri vedono opportunità. Quegli uomini erano ladri. Pochi istanti dopo il mio arrivo, hanno estratto le loro pistole, mi hanno tirato giù dalla sella e hanno iniziato a spogliare il mio mulo delle pelli di bufalo. Mentre facevo del mio meglio per impedirglielo, mi hanno colpito, prima sulla pancia poi sulla nuca. Mi hanno preso a calci mentre ero sdraiato a terra, i loro pesanti stivali mi hanno scavato profondamente e duramente nel fianco. Sapevo di avere poche possibilità di fermarli, ma quando uno di loro mi ha preso per la gola e mi ha tirato in piedi, ho reagito. L'ho colpito all'inguine e, mentre cadeva, gli ho preso la pistola. Ho agito rapidamente e stupidamente, perché, anche se intimavo loro di allontanarsi, sapevo che erano in troppi. Si sono messi a ridere, a deridermi, e in quel momento le forze mi hanno abbandonato. Ho abbassato il braccio e uno, l'uomo a cui hai sparato credo, ha buttato via la pistola poi mi ha dato un tale colpo sul lato della testa che mi sono sentito cadere in un orribile, vorticoso pozzo nero. Quando mi sono ripreso era tutto sparito".

"Hanno rubato le tue pelli, la tua merce di scambio?"

"Tutto. Anche il mio mulo e il mio cavallo".

"Che cosa hai fatto?"

"Ho aspettato fino a sera. Stavano bevendo in un saloon in rovina. Potevo sentirli, con gli altri a ridere e cantare, ubriachi del loro whisky. Ho trovato il mio cavallo ma il mio mulo ... Avevano ucciso il mio mulo. Senza dubbio aveva scalciato contro di loro mentre cercavano di scaricarlo. Era sempre esuberante, e avevo imparato a trattarlo con cautela. Ma ora giaceva lì, con gli occhi spalancati, il sangue nero intorno alla testa".

Cadde in silenzio e Reuben lo studiò. L'amore di quest'uomo per il suo animale era profondo, un fatto che Reuben trovò non solo commovente ma umiliante. L'idea che un uomo del genere fosse definito "selvaggio" non sarebbe mai più stata contemplata, per quanto lo riguardava.

Dopo qualche istante, Orso Bruno esalò un respiro agitato. "Le pelli erano sparite, naturalmente, ma il mio rotolo di coperta, la faretra e l'arco erano ancora lì. Non persi tempo, salii sul dorso del mio cavallo e lo condussi delicatamente via".

"Ma ti hanno raggiunto".

"Più veloce di quanto pensassi. Hanno sparato al mio cavallo sotto di me... il resto lo sai".

"Ma ti hanno rubato la merce! Che diritto avevano di darti la caccia come... come non so cosa, perché qualsiasi animale ha più grazia e pietà di loro?"

"La divinità? Credi nel Grande Spirito, amico mio?"

"Grande Spirito? Non sono sicuro di sapere cosa significhi".

"Credo che significhi la stessa cosa del tuo dio".

Reuben non sapeva cosa pensare. La storia di Orso Bruno gli riportò tutto alla mente: l'uccisione, accidentale o meno, di quegli uomini. Rabbrividì mentre le immagini gli balenavano nella mente. Aveva quattordici anni, un assassino di uomini. Come avrebbe mai potuto superare tutto questo?

CAPITOLO QUATTRO

vrei scoperto molto più tardi che papà era fuori di sé per la preoccupazione di dove fossi finito.

Mentre Orso Bruno ed io attraversavamo le pianure, papà camminava avanti e indietro nel suo studio, torcendo tra le dita i vecchi guanti di pelle malconci, con il vecchio Lance, il capo del campo, e Henderson, il suo assistente personale (non ho mai scoperto che cosa comportasse) che lo guardavano, sgranocchiando il sigaro spento di cui sembrava non fare mai a meno.

"È già stato fuori prima", aveva detto Lance.

"Mai tutta la notte! Ha quattordici anni".

"È un duro", aveva aggiunto Henderson.

"Duro o no, è là fuori da solo. Potrebbe succedergli di tutto".

"Allora, cosa vuoi che facciamo, capo?" aveva chiesto Lance.

"Non posso lasciare Gwyneth. Non ora che lei è così... così vicina alla fine e tutto il resto".

"Me ne rendo conto". Lance fece un grande respiro, si rimise il cappello e si lisciò la testa. "Uscirò a cavallo con un paio di ragazzi. Sappiamo più o meno la direzione che ha preso, e presto troveremo le sue tracce. Cercate di non preoccuparvi. Lo riporteremo a casa".

Papà era caduto sulla sua sedia, fissando il vuoto, gli occhi bagnati di lacrime. "Lo apprezzo, Lance. È un momento difficile per tutti noi".

"Probabilmente il motivo per cui il ragazzo è uscito", aggiunse Henderson, facendo rotolare il sigaro da un angolo all'altro della bocca. "Ognuno reagisce a suo modo".

Lance inclinò leggermente la testa e se ne andò, facendo tintinnare gli speroni mentre attraversava il pavimento di legno.

"Gli spaccherò il culo quando lo riporteranno indietro", disse mio padre a denti stretti. "Uscire a cavallo in un momento simile..."

"Il ragazzo non sa come cavarsela. Nemmeno tu, Saul. Hai bisogno di riposare, di dormire un pò se puoi. Hai i nervi a pezzi".

"Come faccio a dormire in un momento come questo?"

"Prova. Andrò dal dottor Miller a prenderti una polvere o qualcosa del genere".

"Non ho bisogno di nessuna dannata polvere; ho bisogno di riavere mia moglie e mio figlio".

"In ogni caso, vado a visitare il dottore. Stai tranquillo fino al mio ritorno".

Henderson si era voltato per andarsene quando papà lo richiamò: "Pensi che se la caverà? Ci sono gli indiani là fuori".

"Non così tanti. I Comanche si stanno spostando più a sud".

"Arapaho. Ci sono sempre gli Arapaho".

"Capo, per favore, cerca di non turbarti troppo. Lance ha detto che lo riporterà a casa e Lance è il migliore che ci sia".

"Lo so, ma sono preoccupato. Ho sentito che Fort Defiance è stato abbandonato e che ci sono gruppi di commercianti che gironzolano senza fare nulla, se non causare problemi. Mi preoccupano ancora di più degli Arapaho".

"Lance si occuperà di qualsiasi problema. Se vuoi, posso andare a Defiance a controllare".

"No, no, ho bisogno di te qui adesso. Aspettiamo e vediamo".

"Questa è la cosa più sensata che hai detto da un pò di tempo. So che non è facile, ma non sarà sempre così".

"Sempre ottimista".

"Più che altro realista, Saul".

E con questo uscì per andare dal dottor Miller, lasciando papà con i suoi pensieri e le sue preoccupazioni, la maggior parte delle quali erano a causa mia!

CAPITOLO CINQUE

Arrivano a un ampio avvallamento poco profondo nel terreno dolcemente ondulato. Uno sfondo di alberi scuri sembra fare da spartiacque impenetrabile tra la pianura rada e inesorabile e ciò che si trova al di là. Non è questo che attira l'attenzione di Reuben. I suoi occhi sono attratti dalla capanna rotta e annerita, con il tetto crollato, le persiane spalancate e, sul portico cadente, una vecchia sedia a dondolo in decomposizione. I fantasmi si mescolano alle erbacce striscianti che hanno infestato le fiacche travi; fantasmi del passato, di famiglie dimenticate, di una vita semplice ma appagante in una terra piena di speranza e promesse. Di una vita andata male. Perché questo posto non è abitato da generazioni e mentre si avvicinano, Reuben sente quel familiare senso di presagio accrescere dentro di sé.

Hanno camminato molto. A Reuben fanno male le gambe, ma ora tutto è dimenticato. "Non sembra molto accogliente, vero?"

Accanto a lui, Orso Bruno osserva i dintorni. "Quegli alberi potrebbero nascondere un intero esercito".

"Pensi che lo facciano?"

"Forse non in questo momento". Forzò un sorriso, bianco come la neve sul suo viso abbronzato e dalle rughe profonde. "Il nemico è dietro di noi, giovane amico. Ormai avranno capito che non ci muoviamo verso la loro imboscata. Credo che qui ce la caveremo meglio in caso di un attacco".

"Ma come possiamo farcela contro di loro, con solo un fucile da scoiattoli con cui difenderci?".

"Cercherò nei boschi qualcosa per costruire delle frecce". Accarezza il coltello a lama larga che ha al fianco. "Non abbiamo molto tempo, ma farò del mio meglio. Nel frattempo, nascondi Nora tra gli alberi e fai tutto quello che puoi dell'interno della capanna. Usa tutto quello che trovi per aiutarci nella lotta che verrà". Si ferma e sorride. A Reuben sembra un caldo sorriso di incoraggiamento. "Cerca di non avere paura. Se non facciamo queste cose, ci uccideranno in un batter d'occhio".

Reuben sa che è la verità, ma ancora non riesce a placare il battito del cuore, o l'orribile nausea che gli si agita nelle viscere. Vorrebbe essere più grande, più forte. Più di ogni altra cosa, vorrebbe aver portato il fucile a ripetizione Spencer nuovo di zecca di papà. Papà ne era stato così orgoglioso quando era arrivato, il corriere così impressionato mentre stava in piedi e guardava papà smontarne l'imballaggio. Poi il silenzio ovattato. Papà che lo prendeva in mano e lo guardava come un amore ritrovato. E forse lo era. Usciva a sparare ogni mattina con quel fucile. E ora si trova in un armadio nella sala principale e Reuben vorrebbe averlo con sé. Gli avrebbe dato un vantaggio.

Sospirando, si dirige verso la capanna dopo aver prima azzoppato Nora e averla legata a un albero una decina di passi all'interno del bosco. Arrivato sul retro della vecchia capanna, si gira e controlla. Nora non si vede. Sorride. Almeno qualcosa è andato bene.

Di Orso Bruno non c'è traccia. Come uno di quei fantasmi su cui rimugina Reuben, l'indiano è sparito nel nulla. Si meraviglia della capacità dell'uomo di scomparire semplicemente. Lo spaventa anche.

All'ingresso, si ferma e strizza gli occhi nell'oscurità. Anche il cielo, che filtra dai resti delle travi, riesce a malapena a penetrare l'oscurità.

Riesce appena a distinguere il caos all'interno. Pezzi di mobili distrutti sono gettati alla rinfusa in ogni parte della stanza principale; varie pentole e stoviglie rotte giacciono sparse in terra. Il camino, morto da tempo, pieno di mucchi di cenere, foglie in decomposizione e ramoscelli secchi, il tutto si contorce per gli scarafaggi e una miriade di altri insetti e cose striscianti. Più guarda, e nota che sul pavimento, fatto di terra compattata, si muove un'intera nazione di creature. Non era certo un luogo in cui abitare, ma come punto da difendere sarebbe andato bene.

Se non fosse per il tetto aperto, naturalmente.

Scruta le porzioni di blu che riescono a sfondare e pensa che una volta questo sarebbe stato un posto buono e accogliente. Molto tempo prima. Prima che i rigori della vita di frontiera lo prosciugassero dei sogni che un tempo avevano spinto la gente a venire a stabilirsi in questa parte del mondo. Il loro coraggio e la loro forza d'animo, pensa Reuben, sono qualcosa da ammirare. Queste qualità sono quelle che spera gli vengano in mente nel corso delle prossime ore.

Mettendo da parte i pensieri contrastanti, comincia a formare un anello difensivo, bloccando le due finestre aperte che fiancheggiano la porta con bastoni di legno vecchio. Lascia sufficienti spazi vuoti attraverso i quali può infilare il fucile. Poi, come porta, impila qualsiasi mobile che sia abbastanza grande nello spazio. La porta originale è sparita da tempo. L'ingresso aperto sarà, oltre al tetto, il principale punto debole della difesa.

C'è un'altra porta, tuttavia, nella parete più lontana. Potrebbe, così crede Reuben, condurre a una camera da letto. Prima di serrare completamente la via, in modo che Orso Bruno possa entrare, Reuben si avvicina alla porta chiusa e la spinge ad aprirsi.

Gli antichi cardini scricchiolano e stridono, ma alla fine cigola verso l'interno.

Resta in piedi e per un momento non riesce a credere a quello che vede.

Poi l'incubo prende forma in una realtà terrificante e lui urla.

CAPITOLO SEI

Ho saputo più tardi, molto più tardi, che Lance e due uomini della squadra di tiro sono arrivati a Fort Defiance nello stesso momento in cui io e Orso Bruno facevamo del nostro meglio per preparare la capanna.

Faceva freddo quando arrivarono lì e gli uomini erano imbacuccati, rendendo più facile per loro mescolarsi con gli altri che vagavano senza meta all'interno del forte. C'era un'atmosfera di disperazione nel posto, erano spariti l'ordine e il senso dello scopo per cui trovarsi lì.. Un'atmosfera pesante era calata sul forte, e tutti parlavano di guerra imminente. Era come se si fossero arresi all'inevitabilità che il disastro stesse per colpire e cambiare la vita per sempre.

Lance cercò l'unico edificio che continuava a prosperare: il saloon. Anche se chiamarlo saloon era un'esagerazione. Lance spiegò più tardi che il bancone consisteva in due lunghe tavole, forse vecchie porte, appoggiate su quattro barili. C'erano molte bottiglie disposte sul muro dietro il bar improvvisato e uno specchio scheggiato. Chiunque gestisse il posto aveva lavorato sodo per farlo apparire il più normale possibile. Gli uomini si stringevano l'uno all'altro, tutti quanti sorseggiavano la loro birra e il whisky, mentre in un angolo un piccolo gruppo di violinisti suonava una serie di vivaci musiche scozzesi. Nel complesso, l'ambiente era congeniale e, date le circostanze, sorprendente. Sapevano qualcosa che lui non sapeva, si chiese Lance?

Ordinando da bere per sé e per i suoi compagni, Lance studiò i molti volti di coloro che erano stipati nella stanza, tutti arrossati dal bere.

"Si potrebbe pensare che stiano festeggiando".

Lance guardò uno dei suoi compagni, Nils Lofgren, che, come Lance, scrutava i dintorni.

"Ora che l'esercito se n'è andato", disse Lance, "si sentono come se fossero stati lasciati liberi dal guinzaglio".

"Finirà male".

"Senza dubbio. Voglio che ti fai un giro, che cerchi di scoprire qualcosa su Reuben. Vedi se è successo qualcosa di inaspettato o fuori dall'ordinario nell'ultimo giorno o giù di lì. Potremmo essere in grado di trovare qualcosa. Un indizio. Qualunque cosa".

Nils si tolse il cappello e scomparve tra la folla che li circondava.

"Cosa vuoi che faccia, capo?"

Lance annuì al suo secondo compagno. "Fai un giro fuori, Mitch. È un grande forte, ci sono un sacco di baracche, stalle, rimesse e uffici. Potresti raccogliere qualcosa. Partiremo entro un'ora, qualunque sia il risultato, e riprenderemo le tracce".

"Se possiamo".

"Lo faremo. Non sono sicuro che Reuben venga da questa parte, ma credo che debba essere vicino. Se ha avuto problemi, questo sarebbe il posto più logico dove dirigersi. È ben conosciuto e sono sicuro che Reuben potrebbe trovare la sua strada se fosse necessario. È abbastanza sensibile".

"E se fossero indiani, capo?"

"Suo padre era preoccupato per questo, ma non ci sono stati rapporti di problemi da Arapaho per molto tempo. I Comanche sono andati avanti e lo faranno anche loro, immagino. Soprattutto quando inizieranno le ostilità".

"Pensi che si arriverà a questo?"

"Le notizie che arrivano dalla Carolina sembrano suggerirlo e insieme alle parole forti di Lincoln, credo che sia una certezza".

"Ma la Carolina non sarà in grado di resistere da sola".

"No." Lance fissò il proprio bicchiere di whisky. "Stiamo guardando la canna di una pistola carica, Mitch. Credo che stia per esplodere". Sospirò e si scolò il drink. "Ora vai a vedere cosa riesci a trovare".

Mitch Knowles si aggiustò il cinturone della pistola e uscì. Per qualche istante, Lance guardò la schiena dell'uomo che si ritirava prima di avvicinarsi al bancone.

Dopo qualche altro drink, i tre uomini si incontrarono fuori nella polverosa piazza della parata. Gli edifici tozzi e sbiaditi dal sole si stringevano intorno a loro dai quattro lati. Nonostante il persistente chiacchiericcio che filtrava dal saloon, un'atmosfera di solitudine permeava quei muri di mattoni di fango.

Lance si diresse verso il punto in cui i cavalli erano attaccati a una ringhiera cadente. "Che succede?"

"C'è stato un incidente", disse Mitch, "ma non c'entra con Reuben".

"Come lo sai?"

"Aveva a che fare con un indiano".

"Da quanto ho capito", disse Nils. "sembra che questo indiano sia arrivato con delle pelli e si sia messo a litigare con un gruppo di viandanti. Loro se la sono presa, l'hanno picchiato a sangue e poi hanno sparato al suo mulo".

"Sparare al suo mulo? Perché l'avrebbero fatto?"

Nils alzò le spalle. "Per divertimento, credo. Conosci il tipo, Lance. Meschini, annoiati, che cercano di fare soldi facili ogni volta che possono. Non gli importa di nulla e di nessuno, a parte se stessi".

"Hanno ucciso l'indiano?"

"No. Sembra che sia scappato e l'abbiano inseguito".

"E questo è tutto?"

Nils scrollò le spalle e si rollò una sigaretta usando il tabacco della sacca che portava in vita. "Nessuno ha parlato d'altro, Lance. Questo è un luogo sperduto, non c'è dubbio".

"Ecco il nocciolo della questione", ha aggiunto Mitch. "Potrebbe essere un'idea seguire l'indiano. Se si sta dirigendo dall'altra parte del paese, c'è la possibilità incontri Reuben".

"E quegli avventurieri che avrà alle calcagna? È questo che pensi, Mitch?"

"È tutto ciò che abbiamo, Lance".

"Se quel che dici è vero, allora il giovane Reuben è in un mare di guai".

"Potrebbe essere".

"Allora prendiamo i cavalli. E subito".

CAPITOLO SETTE

Reuben prende la borraccia e beve a fatica.

"Non ho mai visto niente del genere", dice e sussulta staccando la borraccia dalle labbra.

Orso Bruno sta sulla porta della camera da letto, incapace di parlare per qualche istante.

Una donna, che potrebbe essere stata giovane o meno, siede su un letto sgangherato che occupa quasi tutta la stanza, con la schiena rivolta verso la testiera, gli occhi spalancati, senza vita. Il suo vestito sporco e lacero è coperto di sangue nero e secco. Al centro del suo petto c'è un buco aperto.

È morta da così tanto tempo che non rimane più alcun odore di putrefazione. Pelle della consistenza della cera, bocca serrata, dita allungate come negli ultimi istanti di supplica, le nocche annodate come una corda dura. Chiunque abbia commesso quell'atto orribile l'ha lasciata in preda all'agonia, a dissanguarsi da sola.

"Dovremo seppellirla", dice Reuben.

"Non possiamo".

"*Non possiamo*? Non so nulla del vostro credo o della vostra religione, o se ne avete una, ma non possiamo lasciarla così senza seppellirla e..."

Orso Bruno lo sfiora e rimane fermo. Ascolta, con la testa leggermente inclinata da un lato, una sola mano alzata che impedisce a Reuben di continuare.

"Cosa c'è?"

Orso Bruno agita la mano, esortando il giovane Reuben a smettere di parlare. Reuben si sforza di ascoltare ma non c'è niente.

"Stanno arrivando", dice l'indiano e prende il suo arco. Ha fabbricato diverse frecce con quello che ha trovato tra gli alberi. Ne ha affilato le punte con il coltello, le estremità irte di piume. Le aste non sono perfettamente dritte, ma lui sembra soddisfatto. I suoi occhi si stringono quando guarda il compagno più giovane. "Tu rimani qui. Nasconditi, resta fermo. Spara solo quando sei sicuro di colpire il tuo bersaglio".

Reuben sente lo stomaco rivoltarsi. "Ma... tu... dove vai?"

"Resterò fuori dalla vista, per colpirli di lato, causando loro confusione e paura. Saranno presi dal panico, faranno errori. È la nostra unica possibilità. Sono in sei".

"Come fai a saperlo?"

"Ho contato i loro cavalli".

Prima che Reuben chieda ulteriori spiegazioni, Orso Bruno attraversa silenziosamente il terreno sconnesso, scomparendo tra gli alberi. È come se non fosse mai stato lì, un fantasma.

Reuben è solo, l'unico suono è quello del suo respiro.

Ha bisogno di correre, di non smettere di correre finché non è a casa. Non gli importa se il suo papà si infuria, se lo mette in castigo. Sa che questo accadrà. Salirà le scale e si inginocchierà di nuovo accanto al letto di sua madre, immaginando il suo petto che si alza e si abbassa come chiodi arrugginiti che tintinnano in un secchio di latta. La sua pelle che luccica di sudore. Le sue labbra tese, blu, svolazzanti. Lei può vederlo. Lui non lo sa.

Qualunque cosa anche se è soltanto un sogno. Un desiderio.

Qualunque cosa che non sia qui e ora, aspettando che arrivino quegli uomini. Gli assassini.

Inspira forte e si passa il dorso della mano sul naso. Ha freddo. Vorrebbe avere un cappotto, ma non ha mai pensato che sarebbe stato così a lungo lontano da casa. Perché mai se n'è andato? Stupido. Un'idea stupida. Stupida oltre ogni immaginazione.

Si sente il forte schiocco di un ramoscello. Un cavallo nitrisce. Reuben si guarda intorno frenetico e non vede nulla. Torna di corsa all'interno e tira fuori il suo fucile da scoiattolo. È carico, il che è una manna dal cielo perché le mani gli tremano in modo incontrollabile, e sa che non riuscirebbe a spingere una sola palla nella canna. Polvere. Ha la polvere. Ma la forza ce l'ha? È abbastanza coraggioso? Sparare all'uomo di prima è stata pura fortuna. O più che altro sfortuna. Ma niente che avesse pianificato di fare. Questa... questa è un'impresa completamente nuova. Pianificata. È all'altezza?

Si stanno avvicinando. Si accosta al tavolo rovesciato e blocca la porta. Si accovaccia e ricorda cosa c'è nella stanzetta dietro di lui. La donna morta. La donna assassinata.

Un altro brivido. Si rannicchia dietro il tavolo e culla il fucile. Chiude gli occhi e si sforza di controllare il respiro. Forse passeranno oltre. Forse questo non è altro che un sogno. Un terribile incubo che...

"Ehi Brady, tu porta Tims e Coltrane sul retro. Wyler, tu tieni i cavalli qui. Billy-Joe, tu dai un'occhiata dentro".

"*Io?* Perché diavolo non vai dentro tu, Banner?"

"Sono qui dietro di te, Billy-Joe, quindi non fare il piagnucolone, non ora".

"Non sto diventando tutto blu, ti sto solo chiedendo perché non puoi..."

"E ti ho detto il perché, ora fallo prima che perda la pazienza".

Il cuore di Reuben gli batte in gola e nelle orecchie. È assetato, confuso, incerto sul da farsi. Dovrebbe stare zitto, o alzarsi in piedi, sparare a questo Billy-Joe mentre si avvicina al portico. Non lo sa, e l'indecisione lo rende immobile. Si siede, tremando. Sa che l'orologio della sua vita, che si è appena avviato, sta per fermarsi.

CAPITOLO OTTO

L'ho saputo da Orso Bruno molto più tardi. È la sua versione dei fatti e non ho modo di confermarla o contraddirla, ma ciò che so è che siamo vivi. Ed è grazie a lui.

I tre uomini smontati da cavallo giunsero camminando attraverso il bosco, facendo più rumore di un bufalo rampante. Nella loro arroganza, dovevano credere che non ci fosse nessuno o che, se ci fosse stato, non sarebbe successo nulla. Il loro piano, per quanto si potesse dedurre dalla loro marcia distratta e sprezzante, era di girare intorno alla vecchia capanna, portarsi sul retro, valutare ogni pericolo, poi sferrare l'assalto. Forse per arrampicarsi sul tetto, calarsi all'interno attraverso i buchi aperti, e sbarazzarsi di chiunque si trovasse all'interno. Dovevano credere che la loro preda fosse lì, tremante di paura, le membra congelate dal terrore, incapace di reagire.

Si sbagliavano.

Una freccia colpisce alla gola l'uomo in capo al gruppo. Per un orribile secondo tutto si fermò, il puro shock dell'attacco si impadronì di tutti i presenti. Dopo qualche secondo, l'uomo ferito si muove, ha dei conati, artigliando disperatamente l'asta nel vano tentativo di estrarla. Il sangue gli schizza sulla mano e lui si accascia in ginocchio, con gli occhi gonfi di terrore. Intorno a lui i suoi compagni si separano, correndo in direzioni opposte, sparando con le pistole, ma è in dubbio che l'uomo colpito sia consapevole di tutto questo. Si piega in avanti, sbatte la faccia che sbatte contro il terreno e non si muove più.

Anche Orso Bruno si muove. Non aspetta di vedere la sua prima freccia che va a segno. A differenza degli altri, si muove con la grazia di un daino, saltando agilmente i tronchi degli alberi caduti, si avvicina come un'ombra a uno degli altri. Lo raggiunge in silenzio. L'uomo sta frettolosamente inserendo la pallottola carica nella sua pistola, ma è un processo lungo, e reagisce troppo tardi al calpestio alle sue spalle. Il coltello gli taglia la schiena, penetrando in profondità, squarciandogli i polmoni. L'uomo si dimena inutilmente. La lama si ritira e lui cade. Colpisce ancora, due, tre volte. Colpi feroci, spietati, sferrati con una precisione terrificante, che distruggono gli organi interni, inghiottendo il corpo dell'uomo nel sangue. Muore tra le foglie cadute e i ramoscelli sparsi e Orso Bruno gli toglie la pistola prima di allontanarsi per cercare un'altra preda.

In pochi istanti lo trova. Seduto su un albero caduto, l'uomo sta ricaricando febbrilmente la sua pistola. Alza di scatto la testa quando Orso Bruno appare tra gli alberi. Bela come un agnello appena nato che chiama la madre. Allungando i palmi delle mani, scuote la testa, implorando: "Per favore, no, no!" Ma Orso Bruno conosce questi uomini. Sa che tipi sono. Gli hanno portato via tutto, hanno ucciso il suo mulo e ora tocca a loro morire.

Spara all'uomo, lo riempie di pallottole, svuotando la pistola finché la vittima non è ridotta a un colabrodo.

Poi getta la pistola e la sostituisce con l'altra. Completa rapidamente la ricarica, prende più polvere da sparo, infila le pallottole, e si immette di nuovo nel bosco buio per tornare alla capanna e dare una possibilità al ragazzo.

CAPITOLO NOVE

Reuben sente il rumore degli spari. È sorprendentemente vicino, ed è preso dall'incertezza e dalla paura. Che cosa significa? Orso Bruno non possiede una pistola. Quegli uomini che si fanno strada nel bosco potrebbero aver incontrato l'indiano e averlo ucciso?

Reuben non ha modo di saperlo, quindi si siede rannicchiato dietro il tavolo rovesciato e aspetta.

Non deve aspettare molto.

Ci sono altri spari. Risuonano con un ritmo calcolato, non selvaggio come prima. Deve significare solo una cosa: Orso Bruno è stato colpito. Morto. È finita.

E poi sente le voci concitate che provengono da fuori.

"Billy-Joe, smetti di temporeggiare ed entra in quel capanno!"

"Ma lo sparo veniva dagli alberi, Banner, non sarebbe meglio controllare?"

"Lo faremo, non appena avrai controllato quel capanno. Ora vai!"

Prendendo un gran respiro, Reuben si alza in piedi, con il calcio del fucile da scoiattolo in spalla, la canna lunga e sottile puntata infallibilmente verso l'uomo allampanato dai capelli gialli in piedi a meno di una mezza dozzina di passi da lui.

Non può mancare.

Non lo fa.

Il fucile da scoiattolo esplode, la sua singola pallottola di piccolo calibro colpisce l'uomo alla gola, facendolo volare all'indietro, con le braccia larghe come nello sforzo di tenersi in piedi. Colpisce il terreno e si contorce in agonia, dimenandosi nel disperato tentativo di fermare il flusso di sangue che sgorga dalla ferita.

Reuben rimane sbalordito da ciò che ha fatto. Ha deliberatamente tolto la vita a qualcun altro. Il fucile gli cade dalle mani intorpidite e tremanti mentre l'enormità dell'atto lo sovrasta.

Un altro uomo, molto più anziano, si trova una decina di passi oltre il moribondo. Sta fissando incredulo quello che è successo prima che i suoi occhi si sollevino e aggancino quelli di Reuben.

Un piccolo grido filtra tra le labbra del giovane quando l'uomo tira fuori la pistola. Sente il lento, deliberato armamento del cane e chiude gli occhi per prepararsi all'inevitabile.

Ma non c'è altro che un fruscio soffocato. Qualcosa che fende l'aria e Reuben apre gli occhi per vedere l'uomo che si gira e corre, agitando la mano con la pistola e gridando verso un altro uomo che lotta per controllare il suo cavallo: "Vattene, Wyler! Sono in troppi!"

Reuben osserva. L'uomo chiamato Wyler cerca di allontanare il cavallo terrorizzato, e nel mentre agita la mano verso l'altro, esortandolo ad allontanarsi.

"Monta su, Banner! Veloce, dannazione! Veloce!"

Tutti i cavalli sono nervosi, il suono degli spari li fa nitrire e gemere, fuori controllo. In mezzo al caos del cavallo che scalpita sempre più agitato, l'uomo chiamato Banner riesce ad evitare di prendersi un calcio. Si trascina sul dorso del cavallo più vicino proprio quando Orso Bruno esce dagli alberi per scoccare un'altra freccia. Questa colpisce il primo uomo, Wyler, in alto sulla spalla sinistra. Grida mentre lotta per controllare il cavallo sotto di lui. Banner sprona il proprio cavallo, prende le redini di Wyler e si lancia al galoppo. Entrambi partono al galoppo. I cavalli lasciati indietro scappano in tutte le direzioni, in preda alla frenesia, senza cavalieri, confusi e terrorizzati.

Reuben, tremante, non riesce a trovare le parole mentre l'indiano gli si presenta davanti, e all'improvviso cade tra le braccia del suo nuovo amico, senza più forza nelle gambe.

CAPITOLO DIECI

Non sa dire quanto tempo ha dormito. Se il suo stato di incoscienza può essere definito tale. È un sonno diverso da qualsiasi altro che abbia mai sperimentato. Pieno di immagini crude e violente di uomini, scuri di sangue, che urlano, implorano pietà, pregano Dio per il perdono, la salvezza, qualsiasi cosa. E Reuben sta in piedi tra una massa di corpi contorti, con il fucile in alto, a ridere della loro sofferenza. Ma poi, mentre il sangue gli scorre incontrollato lungo le braccia fino a gocciolare dalle dita rigide, è improvvisamente consapevole di ciò che lo circonda e anche lui si unisce alla cacofonia delle urla.

Qualcuno lo scuote e lui si sveglia allarmato, si mette a sedere.

Il volto di un uomo si avvicina e occupa tutta la sua visuale. Un viso largo e piatto. Profondamente rugoso, la carne ha la consistenza del cuoio marrone.

"Reuben, amico mio, svegliati!"

Reuben spinge via le braccia dell'uomo e si guarda intorno, disorientato, spaventato. "Dove sono? Dov'è papà? Cosa sta succedendo?"

Si sforza di alzarsi in piedi, ma gli resta poca forza nelle membra e crolla di nuovo, colpendo con la schiena il grande masso dietro di lui. Si trascina e stringe i denti per mordere il guaito che gli sale in bocca.

"Reuben, hai la febbre, credo. Portata dagli orrori di cui sei stato testimone".

L'uomo è in ginocchio e sembra preoccupato, un profondo cipiglio gli solca il viso ruvido. Reuben crede di conoscerlo, ma la sua mente è confusa, i suoi sensi si agitano. Qualcosa gli rode la coscienza. È successo qualcosa di terribile. "Oh mio Dio..."

"Mi conosci? Sai dove ti trovi?"

Intorno a lui, la vastità della pianura si estende in ogni direzione. C'è poca copertura qui, qualche ciuffo di salvia, qualche roccia e ghiaioni sparsi, ma essenzialmente si tratta di una terra vasta e infinita che non gli dà alcun indizio di dove si trovi. In lontananza, la macchia viola delle montagne e sopra di esse la vastità del cielo, sbiadito, senza nuvole. "Non sono affatto vicino a casa".

"Ci sei, amico mio. Ti ho trasportato dalla capanna e abbiamo cavalcato in direzione del ranch di tuo padre. Non possiamo essere molto lontani, non più. Abbiamo cavalcato per circa tre ore".

"Tre ore ... non capisco ..."

"Sei scosso, mio giovane amico, e la tua memoria è compromessa. È comprensibile dopo quello che è successo".

"Successo? Successo che cosa? Non so di cosa stai parlando. Aiutami ad alzarmi, vuoi?"

Reuben allunga la mano e afferra le braccia dell'uomo. Le sente dure e forti sotto le dita. I muscoli si flettono e l'uomo lo solleva. Reuben si alza in piedi, ondeggiando leggermente, e si sforza di orientarsi. "Sono stato colpito? Sono stato ferito in qualche modo?"

"Non nella carne, no. Ma in altri modi, penso che tu lo sia stato. Ci vorrà del tempo per ricordare, ma cerca di non pensarci troppo. I ricordi torneranno a tempo debito".

"Quali ricordi?" Si passa la manica sulla fronte. "Non ha senso. Dove siamo? Dannazione!" Si strappa dalla presa dell'uomo, si alza in piedi e resta fermo, stralunato. "Chi sei tu? Perché sei con me?"

"Amico mio". L'uomo appare in allarme, i suoi occhi pieni di preoccupazione, forse anche di paura. "Non riesci a ricordare nulla?"

Reuben volteggia e si scaglia contro dei nemici invisibili che sembrano circondarlo. "Lasciatemi in pace!"

E poi l'uomo gli prende la spalla e lo fa girare. "Silenzio! Cavalieri in avvicinamento".

Reuben inciampa all'indietro. Colpisce la grande roccia e sbilanciato, con i sensi fuori controllo, cade. Da qualche parte c'è un forte grido, una voce dal profondo della sua memoria. Una voce che conosce.

"Reuben!"

In grandi nuvole di polvere, arrivano alcuni uomini in groppa a cavalli che sbuffano e battono gli zoccoli. Reuben è steso a terra a pancia in su. Guarda attraverso la confusione di uomini, cavalli e terra smossa per vedere uno dei cavalieri che colpisce con la pistola l'altro uomo, quello con la faccia marrone. L'uomo marrone cade a terra e un secondo uomo lo colpisce alla testa col calcio della carabina.

"Legatelo", ruggisce l'uomo che Reuben crede di conoscere. È un tipo dall'aspetto amichevole, e si avvicina, con le mani tese per aiutarlo, un caldo sorriso sul volto. "Reuben", dice dolcemente, "va tutto bene, ora sei al sicuro. Andiamo a casa".

CAPITOLO UNDICI

'è un'atmosfera strana e deprimente in casa. Reuben è sulla porta e c'è suo padre che corre verso di lui, con le lacrime che gli scendono sul viso. Avvolge le braccia intorno a suo figlio e lo tiene stretto. "Oh, grazie a Dio sei salvo", dice, con la bocca premuta sul collo di Reuben. "Pensavo di averti perso".

Reuben non lo capisce. Sa che questo edificio è la sua casa nonostante non riconosca nessuna delle sue caratteristiche. È il senso del luogo, l'odore. Tutto il resto è una nebbia vaga e impenetrabile.

"Vieni, andiamo a prendere qualcosa da mangiare", dice l'uomo che sa essere suo padre. "Dirò a Isabelle di preparare un bagno. Così puoi rilassarti".

Come in una sorta di stordimento, non del tutto consapevole di dove sta andando, delle mani lo conducono delicatamente su per l'ampia scalinata. Una donna dai capelli corvini, bellissima, sorride. Gli prende la mano e lo conduce in un'ampia stanza squisitamente arredata. Profuma di lavanda e una sola finestra si affaccia sulla distesa del ranch. Reuben si muove verso di essa mentre la donna dice: "Preparo un bagno, Signor Reuben".

Ma l'attenzione di Reuben non è sulla donna o su ciò che lo

circonda. Sa che c'è qualcosa di più importante che deve affrontare. Qualcosa di urgente, immediato.

Da oltre il vetro, li vede prelevare l'uomo marrone. Lo hanno picchiato e lo trascinano attraverso il cortile, con i piedi nudi che strisciano sul terreno.

"Lo impiccheremo", dice suo padre da dietro di lui. Reuben si gira e lo vede in piedi, con le mani sui fianchi. Il sorriso che aveva sul volto sostituito da una smorfia terrificante. "Non so cosa diavolo ti abbia fatto, ragazzo, ma Dio mi è testimone, non lo lascerò andare senza punirlo. Sarà impiccato e noi lo guarderemo morire. Spero che tu possa trovare un pò di pace dopo questo".

Esce dalla stanza e Reuben non ha parole perché nulla ha senso. Si gira di nuovo e guarda attraverso la finestra. Stanno legando dietro la schiena i polsi all'uomo marrone con corde di cuoio. Riesce a malapena a reggersi in piedi. Di nuovo lo trascinano, questa volta verso un fienile, e lo gettano dentro. Un uomo alto abbassa la sbarra per bloccare le doppie porte. Si spolvera le mani con i guanti e ride, anche se Reuben non lo sente. Anche i suoi compagni ridono, si allontanano e sembrano orgogliosi. Orgogliosi di ciò che hanno ottenuto.

Ma cos'è che hanno ottenuto, si chiede Reuben? Preme la fronte contro il vetro freddo. C'è qualcosa che non va. Si sforza di ricordare, ma tutto ciò che vede sono scene tremolanti e frastagliate che si accavallano nella mente. Ci sono spari. Molti spari. E un uomo, biondo, magro, con gli occhi spalancati dalla sorpresa. E dall'orrore.

Poi il boom di un singolo colpo di pistola.

Gli occhi di Reuben si aprono di scatto. È stordito, a malapena in grado di mettere a fuoco il mondo oltre il vetro. Gradualmente, la sua mente si schiarisce, la nebbia si dirada e riesce a distinguere la realtà, il mondo che lo circonda. Tirando un sospiro, si gira. I pezzi stanno andando al loro posto. Non tutti in modo uniforme, ma ha la parvenza della verità, di quello che è successo. Sa, con spaventosa certezza, di aver ucciso un uomo il giorno prima. Si è alzato e gli ha sparato. Deliberatamente. Nessun incidente questa volta. Ricorda anche quell'incidente, la morte dei due uomini e di come ha salvato l'indiano in fuga.

Orso bruno. L'uomo marrone che stanno picchiando a morte e che stanno per impiccare è il suo amico!

Corre fuori dalla stanza, saltando giù per le scale con noncuranza, scivolando sugli ultimi gradini e atterrando sulle ginocchia. Sfinito, ignora il dolore e si rimette in piedi proprio quando suo padre esce dall'ampio salotto dove tiene la bella collezione di libri e quadri. Il suo sancta sanctorum. Lo protegge dalle preoccupazioni e dalle paure che attraversano questa casa, dalla costante minaccia di morte. Come la madre di Reuben, sempre così vicina alla morte, aggrappata a un filo sottile e fragile.

"Reuben? Cosa stai facendo? Hai bisogno di riposare".

Reuben barcolla ma, quando suo padre si avvicina, alza entrambe le mani. "No! Orso Bruno, cosa pensi di fare con lui? Non puoi..."

"Orso bruno? Intendi quel selvaggio assassino che ha cercato di ucciderti?"

"Era... Buon Dio, papà. Mi ha salvato la vita!"

"*Cosa*? Sei impazzito? Lance l'ha colto sul fatto. Il tuo cervello è confuso, tutto confuso a causa di ciò che ti è successo!"

Reuben trema, il suo corpo ha le convulsioni. Sta lottando contro un desiderio irrefrenabile di gettarsi a terra, chiudere gli occhi e dormire per cento anni. "No", dice, con la voce tenue e spaventata. "No, papà. Lui mi ha *salvato*. Gli uomini che abbiamo combattuto? Erano loro. Papà, loro mi inseguivano per quel che avevo fatto". Ora deve farsi avanti. Mette le mani sulle spalle di suo padre e lo fissa profondamente negli occhi. "Papà, credimi. Senza di lui, io sarei morto e tu dovresti seppellire due membri della famiglia".

Suo padre indietreggia, le parole sono come schiaffi sul suo viso. Balbetta, con le labbra che tremano. La voce ridotta a un gracchiare: "Reu... ben...".

Senza dire altro, Reuben passa davanti a suo padre e corre fuori. Ignora le grida alle sue spalle, gli uomini vicino al recinto centrale e corre, tira su la sbarra, irrompe nel fienile e trova Orso Bruno appeso ad una trave del tetto. Corre dal suo amico. "Orso Bruno, parlami!"

L'indiano, i cui polsi sanguinano da dove le corde di cuoio gli mordono la carne, guarda in basso e il tremolio di un sorriso gli attraversa il viso spaccato e livido. "Amico mio..."

"Aspetta, aspetta". Reuben si gira quando una mano forte gli afferra la spalla. È Lance, il capo del poligono. Sembra arrabbiato. "L'hai legato, Lance. Lo sleghi e poi lo porti dentro".

"Non farò una cosa del genere. Quel selvaggio dondolerà per ciò che ha fatto".

"Non ha fatto *niente*. Gli hai sparato?"

"Sparargli? No, era solo un giochino per spaventarlo a morte. Sembri un pò troppo preoccupato per lui, Reuben".

"È mio amico. Ora liberalo. Te lo ordino".

"*Tu* me lo ordini?" È Nils Lofgren, uno degli uomini che ha picchiato Orso Bruno fino quasi ad ammazzarlo. "Ha cercato di ucciderti, cucciolo ignorante".

"No, non l'ha fatto. Mi ha salvato".

"L'abbiamo visto", dice Lance, "l'abbiamo visto con te. Lottava con te, stava per piantarti quel coltello in corpo!".

"No, no, no! Ti sbagli del tutto".

"Non credo. Nils, porta dentro il signor Reuben finché non abbiamo finito".

"*No!*"

Reuben spinge via la mano di Lance da dove gli sta ancora afferrando la spalla e, con lo stesso movimento, afferra la pistola dell'uomo e la tira fuori dalla fondina. Fa un passo indietro, innestando il cane. "Liberatelo, o vi ammazzo tutti".

"Reuben!"

Tutti si voltano a vedere il padre di Reuben che attraversa il cortile a grandi passi verso l'entrata della stalla. Ha un aspetto disordinato, lo stress e l'ansia degli ultimi giorni si fanno sentire. Sembra essere vicino al collasso. Suda, trema. Le lacrime gli scorrono sul viso.

"Reuben, metti giù quella pistola!"

"No, papà. Ti ho sempre seguito, ascoltato ed eseguito i tuoi ordini, ma non ora". Gira di nuovo gli occhi verso Lance. "Non te lo chiederò più". E poi, incredibilmente, e forse il dettaglio più terrificante di tutti, sorride. "E non pensare che non lo farò. Ho ucciso tre uomini negli ultimi giorni e non esiterò a uccidere te".

Lance lancia uno sguardo verso il padre di Reuben che sta in piedi, sbattuto e spaventato. Annuisce una volta.

Reuben si allontana per dare agli uomini lo spazio per avvicinarsi. Li guarda mentre tirano giù Orso Bruno, uno degli uomini gli sostiene le gambe mentre Lance taglia il cuoio che gli stringe i polsi.

Quando hanno finito e Orso Bruno è a terra, Reuben fa un gesto con la pistola. "Portatelo in casa e occupatevi di lui".

"Ti bastonerò per questo", ringhia Lance mentre si allontana dal corpo incosciente di Orso Bruno.

"No, non lo farai", dice Reuben. "Non sono più un ragazzino, Lance, che puoi maltrattare e minacciare. Quei giorni sono finiti".

"Metteresti quel lurido selvaggio davanti a me?"

Gli occhi di Lance sono sporgenti, il suo viso contorto e rosso come se fosse stato colto da apoplessia.

"È l'uomo che mi ha salvato la vita", disse Reuben. "È mio amico".

CAPITOLO DODICI

Si siedono intorno al grande tavolo da pranzo, Reuben da una parte e suo padre dall'altra. Entrambi fissano la loro zuppa. Un servo, un vecchio messicano magro conosciuto solo come Miguel, sta in piedi e aspetta. C'è un mezzo sorriso curioso sul suo viso brunito, come se fosse il custode di segreti divertenti. Reuben ha sempre sentito un legame con lui. È un legame simile a quello che ha sviluppato con Orso Bruno, che dorme in una delle camere da letto del piano superiore.

Finita la zuppa, Reuben spinge via la ciotola e resta seduto. Miguel si stacca dal muro e prende la ciotola.

"Gli uomini che hai ucciso...?" gli giunge la voce dall'estremità del tavolo.

Reuben guarda suo padre. È seduto rannicchiato, sprofondato in sé stesso. Sembra un bambino piccolo, ma il tavolo è grande, più di dodici piedi. È questa la ragione?

Reuben fissa suo padre. "Non volevo farlo. È stato un orribile incidente, ma probabilmente loro non la vedevano così. Ci hanno inseguito, papà, e ci avrebbero ucciso se Orso Bruno non fosse intervenuto".

"Sembra che lo ammiri".

"Ho imparato molto da lui nel breve periodo in cui sono stato in sua compagnia. Mi insegnerà a seguire le tracce".

"Come...?" Suo padre si spinse all'indietro sulla sedia in preda all'esasperazione, gettando il cucchiaio, che schizzò nella zuppa prima di rimbalzare di lato per schiantarsi sul pavimento. "Seguire le tracce? Sei pazzo, ragazzo? *Le tracce?* Non hai bisogno di fare certe cose. Abbiam forza lavoro e cowboy in abbondanza per svolgere i compiti del genere".

"Non mi interessa quello che abbiamo, papà. Non lavorerò al ranch".

"Certo che no, sarai il proprietario del ranch! Quando non ci sarò più, tutto questo sarà tuo".

"Non sono sicuro di volerlo". Ignorò lo sguardo indignato e sbalordito di suo padre e si affrettò a proseguire. "Sono più felice da solo, papà, là fuori. Mi arruolerò nell'esercito, andrò in ricognizione per loro".

Il silenzio di suo padre era peggio di qualsiasi cosa a cui potesse prepararsi. Miguel arrivò con la portata successiva, e Reuben fissò la bistecca, con i fagioli verdi sopra, il cui odore gli fece venire l'acquolina in bocca.

"Posso solo dire quanto sono sollevato che tua madre non sarà qui per vedere il suo unico figlio diventare niente più che un lacchè dell'esercito".

"Invece di un lacchè del ranch, vuoi dire?"

"È un tuo diritto di nascita!"

"Ma non è quello che voglio".

Il silenzio cadde tra di loro e vi rimase a lungo.

Sale le scale, ognuno dei gradini sembra riecheggiare nei suoi scricchiolii la paura che ha nel cuore. Per quanti giorni ancora lo avrebbe fatto, per visitare la madre malata nel suo letto, sedersi accanto a lei, tenerle le mani e guardarla mentre lottava invano contro l'inevitabile? Quando raggiunge la cima, si ferma e si sforza di ascoltare. Un giorno sa che farà una cosa del genere, e non sentirà nulla. Un cupo, orribile silenzio. Lei avrà smesso di respirare e lui non sarà stato con lei. Preso da un improvviso terrore che questo pensiero diventi realtà, spalanca la porta.

Lei giace lì, come sempre, sostenuta dai cuscini, il suo viso brilla di una sottile pellicola di sudore, il suo pallore è di un verde malato, ma respira. Reuben quasi sviene per il sollievo e quasi inciampa al suo capezzale e crolla sulla piccola sedia con lo schienale duro accanto a lei. È qui che si siede sempre.

Si allunga, le prende una mano fredda e fragile e la stringe leggermente. Un piccolo mormorio e lei gira la testa per guardarlo. Socchiude gli occhi. Un sorriso. Questo richiede uno sforzo enorme, ma lui sa che è contenta, ed è tutto ciò che conta. Un piccolo guizzo di normalità in un mondo impazzito.

Lei non dice nulla. Lui parla, raccontandole qualcosa della sua giornata, ma non tutto. Non vuole causarle angoscia. Il dottor Miller ha detto di lasciarla riposare. Reuben non ne ha mai capito il senso. Lei sta morendo. Un giorno, presto, sarebbe morta e allora avrebbe potuto riposare. Per il momento, la vuole sveglia perché anche nel suo stato indebolito è ancora sua madre, e lui la ama. Più di ogni altra cosa.

Si siede e studia il suo viso, l'evidente disagio, ma anche la sua forza. Come lei riesca a resistere è una meraviglia per lui. È qualcosa che spera di sviluppare lui stesso. Quella forza di carattere, quel pozzo di resilienza a cui è riuscito ad attingere quando si è trovato di fronte a una morte quasi certa alla capanna. È certo di aver ereditato questi tratti da sua madre. Cosa farà senza di lei?

Qualche tempo dopo si allontana. Lei sta dormendo, il suo respiro è superficiale ma non affannoso come di solito. Cammina dolcemente, attraversando la stanza fino alla porta. Mentre le sue dita si stringono intorno alla maniglia, la voce di lei gli arriva, con un suono forte. "Reuben..."

Si gira, a occhi spalancati. Incapace di credere che possa essere così coerente. "Sì, mamma?"

"Ti amo, Reuben. Sei il mio ragazzo adorato".
I suoi occhi si chiudono. Quelli di lui si riempiono di lacrime.
Sono le ultime parole che dice.

CAPITOLO TREDICI

Non sono qui per raccontare storie di cui non sono a conoscenza, ma quelle che seguono sono le parole di Lance, dette a me e a mio padre intorno al tavolo della sala da pranzo. Ha già raccontato del suo arrivo a Fort Defiance, ma ora ci parla di ciò che ha scoperto sulla natura degli uomini che dovevano rintracciare me e Orso Bruno, tutto ciò che ha portato allo scontro a fuoco alla capanna.

Lance siede al lato del tavolo da pranzo, con i gomiti sul piano e il mento stretto tra le mani. Racconta lentamente ciò che ha appreso interrogando diversi ubriachi e giocatori d'azzardo a Fort Defiance. "Sembra che il capo di quella banda di perdigiorno piuttosto misera si chiamasse Banner. Non era il tipo d'uomo con cui dividere il letto, o con cui condividere qualsiasi cosa. Un uomo violento e menefreghista, si è trasferito a ovest dopo aver ucciso un cassiere di banca in una piccola città del New England. Da allora, ha vagato senza meta da una città pioniera all'altra fino ad arrivare a Fort Defiance. Senza un soldo e in cerca di lavoro e di altre 'opportunità' si è imbattuto in un gruppo di brutti ceffi. Passano quasi tutto il tempo nel saloon del forte, giocano d'azzardo e bevono fino a quando uno di loro vede un indiano solitario arrivare al forte con un mulo carico di pelli di bufalo. Accostano l'indiano, reagiscono in seguito quando l'indiano riesce a scappare. Lo inseguono ed è l'ultima volta che si sente parlare di lui".

"E questi sono gli uomini che ti hanno inseguito?" chiede papà, i suoi occhi severi mi fissano.

Non ho intenzione di farmi intimidire. Mi siedo dritto, ricambiando il suo sguardo. "Credo che siano loro, papà".

"Ma perché venire a cercarti?"

A questo punto, Lance si gira sulla sedia in modo da guardarmi dritto in faccia. "Questa è la parte che non capisco bene".

"Credo sia meglio che tu ora ci dica tutto, Reuben".

Così, lo faccio. Faccio un respiro profondo per calmarmi e poi racconto tutto quello che è successo, dalla mia cavalcata attraverso le pianure, al vedere Orso Bruno assalito da quella feccia assassina, del mio sparo che ha portato a tanta violenza e della sparatoria finale alla capanna. Non tralascio nulla, essendo il più onesto e aperto possibile. Entrambi ascoltano senza commentare. E quando ho finito, papà è il primo a reagire. Si siede, piega le braccia e quello sguardo... è appassito.

"Hai salvato la vita di un selvaggio?"

Questo è Lance. La sua espressione è diversa da quella di papà. Dove quella di papà è seria, intransigente, quella di Lance è piena di amarezza, persino di disgusto. La sua bocca è arricciata verso il basso come se stesse assaporando qualcosa di schifoso.

Non ho intenzione di farmi intimidire. Non mi interessa cosa pensa Lance. Ha vissuto la sua vita nella prateria, ma dubito che abbia mai conversato con un nativo. È così che mi piace chiamarli. Ho letto la storia. Ho ascoltato. Erano qui migliaia di anni prima di noi. Se qualcuno ha diritto a questa terra, sono loro.

"Ho salvato la vita di un essere umano", dico, tenendo la voce bassa. Non voglio perdere la calma con Lance. È il collaboratore più fidato di mio padre, ma i suoi modi e le sue idee mi sono sgradevoli. Ho quasi quindici anni. La mia mente può ancora essere plasmata, ma non nel modo in cui Lance vorrebbe.

Guardare indietro non è facile. Il passare degli anni rende difficile ricordare e mi sono successe così tante cose nella vita da quei giorni che a volte dimentico i dettagli. Così, sto ricordando gli eventi con l'occhio di un adulto, non con l'irruenza della gioventù. Ma ricordo Lance e l'espressione che gli offuscava i lineamenti. Mi detestava. Potevo vederlo in ogni linea, in ogni ruga. Ero troppo simile a mia madre, potevo sentirlo pensare. Non abbastanza simile a mio padre, l'uomo che aveva costruito il ranch dal nulla tanti anni prima. Molto prima che io nascessi, lui e Lance avevano lavorato la terra, rendendola fertile, trasformando la polvere e la macchia in un paesaggio dolcemente ondulato su cui cavalli e bestiame potevano correre e pascolare. Per dieci o più anni hanno faticato, e il successo è arrivato lentamente, ma il successo *è* arrivato, e la famiglia è fiorita, abbondante di vita. Lance e Henderson combatterono Arapaho e Comanche a quei tempi, mentre papà si occupava di mia madre, che era sempre malaticcia. E quando rimase incinta di me, i tempi erano duri e pericolosi. Ma riuscirono a vincere e la mia nascita fu festeggiata. Ben presto, però, con il passare degli anni, Lance più di tutti si mise contro di me. Mi considerava debole, inaffidabile, un sognatore che non si sarebbe mai dedicato completamente al ranch. In tutto questo aveva ragione, eccetto la parte del "debole". Sapevo di non essere debole, ma la mia forza era diversa dalla sua e da quella di papà. Non vedevo il mio futuro sul dorso di un cavallo, guidando il bestiame al mercato. Volevo fare qualcos'altro. Restituire. Servire.

Ed eccomi.

Al tavolo, a sostenere lo sguardo furioso di Lance.

"So come sono fatti, non dimenticarlo", dice a denti stretti. "Li ho combattuti, li ho uccisi. Sono disonesti, vendicativi, pieni di odio".

"Un pò come te, Lance?"

Vedo le sue mani afferrare i braccioli della sedia. Livido, a malapena in grado di controllare la rabbia, si alza a metà dalla sedia.

"*Lance*", scatta papà, "siediti e lascia perdere".

"È il tuo sangue, ma non mi farò insultare". Crolla di nuovo sul suo sedile, la faccia rossa, il respiro irregolare. "Non ho dimenticato che mi hai puntato contro una pistola, ragazzo. Non permetterò che questo affronto resti impunito".

"Dimentichi che", dico, e non posso fare a meno di sorridere, "quella era la tua pistola, Lance". E per rendere l'idea, accarezzo il calcio della pistola che ho infilato nella cintura. "Questa pistola".

"Gli permetterai di farla franca?" Lance sputa, avvicinandosi a papà che ora sta anche lui cominciando a brontolare di rabbia.

"Reuben, è meglio che tu te ne vada. Voglio te e il selvaggio fuori per domattina, mi hai sentito. Prendi il tuo sacco a pelo e un paio di cavalli, non quel ronzino che cavalchi di solito. Un buon cavallo forte. Esci a cavallo e fai le cose per bene".

"Come? Uccidendoli?"

"Non c'è altra strada, ragazzo. Tu hai portato questa sciagura sulle nostre teste, e sta a te sistemare le cose".

"È magnanimo da parte tua, papà".

Lance si schernisce: "Faresti meglio a passare più tempo a imparare come legare i manzi che a leggere i tuoi libri di fantasia".

In questo aveva ragione, devo confessarlo. Mamma mi ha introdotto alla lettura quando riuscivo a malapena a camminare, e non ho mai smesso. Non lo vedevo come un ostacolo alla crescita, piuttosto il contrario. Chiuso nel ranch, per quanto vasto fosse, la lettura mi dava le chiavi per fuggire. Leggevo e imparavo. Ora, desideravo sperimentare da solo ciò che si trovava oltre i confini della nostra terra. Non nel modo in cui Lance e papà lo pretendevano. Alle mie condizioni. Quegli uomini che stavano arrivando, com'ero convinto, mi ostacolavano.

"Va bene, papà", dico. Mi chino e raccolgo la sedia che ho buttato giù. La fisso per un momento. "Sistemerò le cose, ma Lance, d'ora in poi stai alla larga da me".

"È una minaccia?"

"No, è una richiesta".

"Educato da parte tua".

Sorrido e mi allontano.

"Prendi delle pistole da sella", dice papà. "Non prendere la Remington. C'è una coppia di Colt Dragoon in sala che andranno meglio, insieme alla carabina del mio vecchio Hall. Puoi portare quella con te, Reuben. Mi ha servito bene e farà il suo lavoro".

"Assicurati di prendere abbastanza munizioni", dice Lance.

"E polvere", dice mio padre.

Mantenendomi calmo, dico: "La vostra preoccupazione è commovente. Tutti e due".

Me ne vado, sentendo le maledizioni che si formano sulle loro labbra.

Fuori dalla portata delle loro orecchie, mi dirigo verso l'esterno. Quasi immediatamente, vedo Orso Bruno seduto all'ombra. Alza lo sguardo quando mi avvicino.

"Puoi cavalcare?" gli chiedo.

Lui si acciglia e fa un grugnito. "Andiamo da qualche parte?"

"Troveremo quegli altri. Quelli che sono scappati".

"Avranno trovato altri amici, promettendo loro l'opportunità di soldi facili".

"Sì, irrompendo qui e rubando tutto il tesoro di papà".

Si alza in piedi e lo vedo trasalire. I tagli e i lividi sul suo viso sono gonfi, distorcono i suoi lineamenti.

"Sei sicuro di poter cavalcare?"

"Sono sicuro. Quando partiamo?"

"Alle prime luci dell'alba. Papà mi ha dato due cavalli e abbiamo delle pistole. Un sacco di pistole".

"Allora dobbiamo prepararci, amico mio. Non credo di essere il benvenuto qui".

Faccio un piccolo sorriso. "Nemmeno io, amico mio. Nemmeno io".

CAPITOLO QUATTORDICI

Il giorno seguente mi svegliai e trovai l'aria frizzantina e asciutta, Orso Bruno era già in attesa con i cavalli carichi di provviste. Avevamo deciso di provare a tornare alla vecchia capanna. Non avevo parlato a nessuno del corpo della donna che avevo trovato lì. Con tutto quello che era successo da allora, non ne avevo parlato nemmeno con Orso Bruno. Era un mistero. Cosa era successo lì? Un omicidio, sì. Ma le ragioni? Ci dovevano essere degli indizi, così decisi di scoprire quali potessero essere. Sì, era un diversivo, ma quella capanna era il centro della nostra lotta di vita e di morte con quegli uomini, quindi forse Orso Bruno avrebbe potuto trovare le tracce dei sopravvissuti dopo aver perlustrato il posto.

Scendendo in sala da pranzo, ho dato il buongiorno a Lucilla, una delle cameriere, e ho visto che aveva le lacrime agli occhi. Non ci ho pensato. Lucilla era muta. Una brava e laboriosa ragazza, eravamo sempre andati d'accordo e pensai che forse era arrabbiata per la mia partenza. Ma poi sentii il rumore di passi che correvano su per la scala principale, e capii che c'era qualcos'altro, qualcosa terribile.

Rolles, grande e grosso, uscì dalla cucina con gli occhi spalancati.

"Oh, maestro Reuben", disse.

Mi bloccai. La realizzazione che il temuto momento era finalmente arrivato sembrava pietrificarmi. Riuscii a girare la testa per vedere Daisy, la cuoca, che inciampava giù per le scale, con le mani che afferravano la ringhiera. Stava piangendo, e quando raggiunse il gradino più basso, crollò. Rolles andò da lei. Dalla cucina emerse Miguel, tirato e cinereo. Sembrava che tutta la casa stesse soffrendo per la notizia. E poi mio padre è apparso in cima, bianco come la morte, tremando in modo incontrollabile.

Tutto e tutti si muovevano intorno a me alla velocità della luce. Era come se fossi uno spettatore di tutto questo. Distaccato e distante, vedevo la gente correre avanti e indietro, un sacco di grida, pianti, braccia che si agitavano e mani che si stringevano.

Poi, Doc Miller, che saltava giù dal suo calesse. L'ho guardato attraverso le porte spalancate mentre correva dentro, fermandosi appena per lanciarmi un'occhiata, un'occhiata che parlava chiaro.

Fa i gradini due alla volta.

Henderson si avvicina a me a grandi passi. Il suo viso è scuro. "Mi dispiace, Reuben."

Mi acciglio. Anche se mi rendo conto di quello che è successo, lo shock mi colpisce come una mazza nel petto. Mi tiro indietro, cercando a tentoni di aggrapparmi a qualcosa, qualsiasi cosa per non collassare. È Rolles che mi prende, le sue grandi braccia mi sollevano come se fossi un bambino. Mi porta su un divano vicino e mi fa sdraiare delicatamente. Lo vedo, e sta tremando. Henderson gli si affianca. "Nella notte è peggiorata", dice, la sua voce non è più quel suono basso e fragoroso che ho sentito così spesso esplodere attraverso i campi. E poi fa qualcosa che non avevo mai visto prima. Si toglie il sigaro dalla bocca e lo fissa, gli occhi pieni di tristezza. "Sono corso a cercare il dottore ma... ma penso che fosse già troppo tardi. Mi dispiace."

Sbatto le palpebre, scuoto la testa, ancora non del tutto

consapevole di ciò che mi circonda, passando attraverso tutto come in un sogno. Miguel si siede accanto a me e mi prende la mano. Crollo tra le sue braccia e lui mi stringe così forte.

È allora che Billy Bean irrompe in casa. È fuori di sé come se avesse la febbre, il sudore gli luccica sulla fronte e singhiozza come un bambino. Fa per andare verso le scale, ma Henderson gli sbarra la strada, con la mano sulla pistola. "No, Billy, non andrai lassù oggi".

"Lasciami passare, dannazione, o giuro che..."

Vedo Rolles mettersi in mezzo e piazzare un gancio proprio sulla mascella di Bean, gettandolo a terra dove ora giace, privo di sensi.

"Portatelo fuori di qui", ringhia Henderson e si volta, e i suoi occhi inchiodano i miei. "Ci sono molte cose che non sai, Reuben. Forse tuo padre te ne parlerà in seguito... dopo che tutto questo sarà finito".

"Acqua passata", dico con voce tranquilla. Mi districo dall'abbraccio di Miguel e mi passo una mano sul viso. "Lo so già", dico. Sento il sussulto di Henderson. Accanto a lui, Rolles sta portando fuori Billy Bean. Scuoto la testa. "Lo so da molto tempo".

"Non vedo come tu possa saperlo quando noi stessi non abbiamo nemmeno..."

Alzo una mano. "Un giorno te lo dirò". Non voglio suonare tanto condiscendente, ma sono stanco di essere trattato come un bambino ignorante da queste persone. Henderson fa parte della famiglia da quasi lo stesso tempo di Lance. A differenza di Lance, lui non è un mandriano, non nel vero senso della parola, un cowboy. È la guardia del corpo di mio padre, se volete. Un uomo che usa la sua pistola come un impiegato usa una penna. Naturale. Ecco cos'è. Un pistolero naturale. Un assassino. Da piccolo mi faceva paura e la mamma mi sussurrava sempre all'orecchio: "Stai attento a quell'uomo, Reuben. Non farlo mai arrabbiare".

Ho seguito i suoi consigli, non mi sono mai messo a discutere con lui, ma ora la mamma non è più qui a dare consigli e la consapevolezza mi colpisce e mi porta le lacrime agli occhi ancora una volta.

La mia vita non sarebbe più stata la stessa.

CAPITOLO QUINDICI

E ravamo in piedi intorno alla tomba aperta, a capo chino, con le mani giunte sul davanti in preghiera. Daisy piange e, accanto a lei, il gigante Rolles la tiene stretta. Miguel è devastato. Amava tanto mia madre. Studio i loro volti, uno per uno. Un pò più in là c'è Lance, con alcuni cowboy, senza i cappelli, che tengono stretti tra le mani guantate di pelle. C'è anche Doc Miller. Il suo viso è rigato di lacrime e Henderson, funereo, la sua tonaca aperta a rivelare la Navy col calcio in madreperla allacciata in vita. Mi interrogo sulla cosa e improvvisamente mi colpisce; è il mio sogno! Ho già vissuto tutto questo, solo nel mio sogno, la differenza è che Billy Bean era qui. Non è qui, nella realtà, grazie a Dio.

Il reverendo Small si schiarisce la gola e inizia il suo elogio. Io non lo sento. La mia mente è altrove. In lontananza, Orso Bruno è seduto all'ombra di un albero. I nostri cavalli sbocconcellano ciuffi d'erba secca accanto a lui. Presto saremo in viaggio, lasciandoci tutto questo alle spalle. Non sono sicuro di voler tornare ora che mamma ci ha lasciati. Guardo giù in quell'orribile buco nero e vedo la parte superiore della sua bara. Sul coperchio c'è una sola rosa rossa. Chi l'ha messa lì? Non riesco a pensare. Potrebbe essere stato papà? Ne dubito perché non è nemmeno venuto. È rimasto seduto nella sua biblioteca, a sorseggiare whisky, fissando le file dei suoi libri, la maggior parte dei quali non ha mai letto. È lì che l'ho trovato dopo che il dottor Miller ha dichiarato la morte di mamma. Mi sono agitato alla rivelazione, ma papà, con le labbra tremanti, è scomparso nella sua stanza e da allora non è più uscito. Questo era ieri. Ora mamma giace sotto terra e papà beve whisky. Il mio odio per lui sta crescendo. Non c'è da stupirsi che mamma abbia cercato l'affetto altrove. Nel mio sogno, mio padre stava in piedi devastato per la perdita di sua moglie, ma quelli erano i miei pensieri speranzosi. I miei desideri. Nella realtà, i miei genitori non sono mai stati così. Non c'era amore, solo risentimento da entrambe le parti per un paio di vite sprecate.

Un grido improvviso mi fa alzare lo sguardo. Anche Henderson sta reagendo, e dall'altra parte del terreno, un uomo sta lottando con Lance e gli altri.

Ho un sussulto.

È Billy Bean, con le braccia che sferzano l'aria nella sua patetica lotta per liberarsi dalla presa di Lance.

"Voglio vederla", grida.

Metto una mano tremante sulla bocca per impedirmi di gridare una risposta. Anche se cerco di comprendere i suoi sentimenti, questo non è il suo momento. È il mio e di tutti gli altri, tutti quelli che hanno vissuto ogni giorno con mamma. Forse Billy ha il diritto di porgere i suoi ossequi e i suoi saluti, ma non ora. Più tardi, quando saremo tornati a casa o, nel mio caso, attraverso la prateria.

Non ora, Billy. Aspetta il tuo turno.

Henderson, lo so, non la vede così. Sta già camminando a grandi passi verso il punto in cui quegli uomini lottano.

So cosa sta per succedere. L'ho visto nel mio sogno.

Ma quello che vedo non è affatto come il mio sogno.

In un movimento selvaggio e disperato, Billy Bean si libera. Ha una pistola. Non so dire se sia sua o no, ma la pistola è estratta e il cane è armato. Vacilla nella sua mano come se fosse troppo pesante da tenere. Forse lo è.

"Ho bisogno di vederla, canaglie! Toglietevi di mezzo".

"Tieni a freno la lingua", scatta Henderson. Gli altri lo guardano e si allontanano. Persino Lance, che ho sempre considerato un bruto, sembra timoroso.

Billy ringhia, mostrando i denti digrignati in un volto livido di rabbia e dolore, "Voglio solo vederla".

"So cos'è che vuoi", arriva la risposta di Henderson. "Hai già causato troppo dolore a questa famiglia, ora vattene da questa terra prima che ti faccia frustare".

Ma potevo vedere tutto questo, anche prima che iniziasse. Billy non va da nessuna parte. So che amava mia madre, e lei lui. Hanno portato avanti la loro relazione in segreto, ma è un segreto che tutti conoscono, compreso papà. Nessuno ha mai detto niente, tenendo per sé i propri pensieri. Finché mamma è vissuta, le cose sono andate avanti così, ma ora... ora chiunque può dire la sua.

Il colpo risuona come il più forte scoppio di tuono che abbia mai sentito. La bocca di Billy si apre, gli occhi spalancati dall'incredulità. Ma solo per poco. Cade, la vita lascia le sue membra quasi subito, il proiettile gli ha colpito la fronte, proprio in mezzo agli occhi. Ha fatto saltare la parte posteriore del cranio e Billy si accartoccia in un sacco di carne senza vita. Il sangue fiorisce intorno alla sua testa e da qualche parte un avvoltoio strilla, ricordando che la cena sta per essere servita.

Per un momento l'intera scena si blocca, ma in un batter d'occhio tutti si muovono. Alcuni scappano per paura, altri corrono verso il cadavere di Billy Bean. Henderson sembra non sapere cosa fare.

Tranne me. Mi giro e vedo papà in piedi sui gradini della casa, il suo fidato moschetto Enfield ancora fumante in mano. In qualche modo, sapevo che era stato lui a sparare il colpo letale e ora, vedendolo così impassibile, capisco come l'odio possa cambiare un uomo. Questo è sempre stato il motivo per cui papà era così freddo nei miei confronti. Ce l'ha con me. Che mamma abbia messo al mondo un figlio che, contro tutte le normali risposte emotive di un padre, lo ha legato a lei. Per sempre. Lui anelava alla sua libertà. Ma è stato un errore e io un errore ancora più grande.

I nostri occhi si incontrano, ma solo per un istante. Il lavoro è fatto, si gira e scompare all'interno della casa. Esito per un momento e discuto se devo seguirlo, affrontarlo e risolvere la questione. Chiarire le cose una volta per tutte. So che ignorerà le mie parole con disprezzo. Non sono altro che un bambino. Il bambino che non ha mai voluto. Così, volto le spalle a lui, a quella casa, alla vita che ho conosciuto per quattordici anni e non provo nulla.

Do un'ultima occhiata alla tomba di mamma e mi allontano. Non giro la testa verso l'assembramento di persone intorno al corpo di Billy. Tengo gli occhi dritti davanti a me. Orso Bruno è in piedi. Il suo volto è impassibile, quasi uno specchio di quello di papà. In silenzio, montiamo e conduciamo lentamente i nostri cavalli lontano da quella scena infernale.

CAPITOLO SEDICI

Avevamo a malapena raggiunto i confini del ranch quando Orso bruno fece rientrare il suo cavallo e si sedette, girandosi per guardare dietro di sé.

"Cosa c'è?" chiese Reuben, accostandosi all'indiano.

Silenzioso come la nebbia, Orso Bruno scivolò da cavallo e si mise in ginocchio. Reuben guardò, tutta la sua attenzione concentrata su ciò che l'indiano fece dopo.

Premendo un orecchio a terra, Orso Bruno rimase in quella posizione per un pò di tempo, finché finalmente si mise a sedere, con gli occhi stretti rivolti in direzione del ranch. "Qualcuno ci sta seguendo", disse semplicemente e fece segno al giovane di raggiungerlo.

Reuben si mise in ginocchio e avvicinò un orecchio alla terra e ascoltò, ad occhi chiusi. Si sforzava di sentire. All'inizio non c'era niente.

"Concentra tutti i tuoi sensi su quell'unico punto", disse Orso Bruno. "Blocca tutto il resto, anche la mia voce d'ora in poi. Lascia che la tua mente penetri in profondità sotto la terra. Da nessun'altra parte".

Esitando per un brevissimo istante, Reuben seguì le istruzioni di Orso Bruno. Chiudendo gli occhi, immaginò di scomparire nella terra. L'oscurità lo invase. L'odore di terra umida, il fruscio di qualcosa. Un animale? Qualcosa. Concentrandosi con ogni fibra del suo essere, pensa, crede... E poi, come per magia è lì, il rombo dei cavalli!

"Mio Dio". Inconsciamente Reuben tira fuori la Dragoon di Lance e, dopo averne controllato il caricatore, se la infila di nuovo nella cintura. "Lo sento". Orso Bruno sorride. "Aspettiamo che chiunque sia ci raggiunga?"

Scrollando le spalle, Orso Bruno si issò sul dorso del proprio cavallo. "Non ci attaccherà alla luce del giorno. Quando ci accamperemo, saremo pronti".

"Come fai a sapere che ce n'è solo uno?"

Orso Bruno indicò il terreno. "Controlla di nuovo, giovane amico. Concentrati sul tuo udito e nient'altro. Vai sempre più in profondità. Ascolta il ritmo del cavallo. Chiudi gli occhi e vedilo nella tua mente".

Senza alcuna esitazione, Reuben si abbassò e ripeté le azioni, chiudendo gli occhi, con la bocca chiusa in una linea sottile.

"Signore Benedetto", disse dolcemente, "posso sentirlo!" Alzò lo sguardo, l'ampio sorriso che gli spaccava il viso quasi in due. "Signore, portami via adesso, ma lo sento! Orso Bruno, *lo sento*! Proprio come hai detto tu; ce n'è solo uno".

L'indiano gli restituì il sorriso. "Così, ora puoi rispondere alla tua stessa domanda".

"Ma..." Reuben scosse la testa mentre appoggiava l'orecchio a terra per la seconda volta. "È così difficile da dire. Non avrei capito che era il rumore di un cavaliere se non me l'avessi detto tu, e per indovinare quanti..."

"Arriverà, amico mio. La pratica. È ciò che conta per padroneggiare qualsiasi abilità".

"Immagino che sia così". Girandosi verso la strada da cui erano venuti, scosse la testa. "Comunque non sappiamo chi è, o perché ci stia seguendo".

"Dovremmo chiederlo a lui".

"Come faremo?"

Orso Bruno sorrise. "Aspetta e vedrai".

Fu nella vecchia capanna che si prepararono. Con i cavalli celati alla vista dal bosco circostante, si sistemarono tra le rocce e aspettarono. Reuben non poté fare a meno di gettare uno sguardo verso il luogo in cui erano rimasti i cadaveri. In lenta decomposizione, ogni varietà di animali aveva masticato le parti morbide dei loro corpi. Poiché la maggior parte dei morti giaceva tra gli alberi, era stato difficile per gli avvoltoi accedervi, ma su tutto il resto, avevano banchettato per bene.

"Che modo di morire", pensò Reuben ad alta voce.

Orso Bruno si schernì: "Hanno scelto la loro strada, amico mio. Non rimproverarti per ciò che era necessario".

Reuben grugnì. "Suppongo di sì".

Stava per aggiungere qualcosa di più, sul fatto che nemmeno lui aveva scelto quella vita per sé stesso. Che aveva sogni e speranze, e nessuno dei quali implicava sparare alla gente. Ma poi, mentre formulava diverse risposte silenziose, il cavaliere li raggiunse. In sella, una sciarpa intorno alla bocca per proteggersi dal freddo, guidò il suo cavallo verso i gradini rotti dell'ingresso della capanna. Si fermò e scrutò i dintorni prima di saltare giù. Agganciò le redini al palo più vicino, che sosteneva ciò che restava del tetto della veranda e fece per salire i gradini.

Orso Bruno emerse da un lato della cabina, Reuben dall'altro. Entrambi con le pistole sguainate.

L'uomo sorrise. "Ciao, Reuben".

"Ciao, Lance". Reuben abbassò il cane della sua Colt Dragoon a metà. "Slaccia la cintura della pistola e dicci cosa diavolo ci fai qui".

"Non mi sparerai, vero, Reubs? Non lo faresti mai, vero, non al tuo vecchio amico?"

"Non contarci, Lance", e per sottolineare la minaccia, Reuben armò completamente la massiccia pistola che aveva in mano.

Lance guardò la canna e sembrò sprofondare in sé stesso. Lanciò un'occhiataccia a Orso Bruno prima di riportare il viso arrossato verso Reuben. Sospirò. "Sei un amante degli indiani ora, Reubs?"

La Navy di Orso Bruno era puntata infallibilmente verso la pancia di Lance. "La pistola", disse a bassa voce.

"Non puoi darmi ordini, pelle rossa figlio di..."

"Io posso", disse Reuben, con voce fredda, piatta, senza emozioni. Non c'era modo di confondere il significato delle sue parole, tuttavia, e per un momento Lance ondeggiò un pò come se fosse improvvisamente debole e spaventato. La tensione abbandonò le sue spalle e lentamente si slacciò la cintura e la lasciò cadere a terra con un pesante tonfo.

Orso Bruno avanzò e raccolse l'arma. Indietreggiando, con la pistola ancora puntata sul cowboy, si passò la cintura della pistola sulla spalla.

Scuotendo la testa, sconsolato, forse anche triste, Lance respirò: "Sono deluso da te, Reubs".

"Non trattarmi con condiscendenza, Lance".

La sua testa si alzò. "Condiscendenza? Che diavolo significa, un modo di dire idiota per dirmi che sono un idiota? È così? Hai tenuto la testa nei tuoi dannati libri per troppo tempo, ragazzo. Invece di capire qual è il tuo posto nella vita, hai scelto di voltare le spalle alla tua famiglia, al tuo *dovere* e correre con questo..." Puntò un dito verso Orso Bruno. "Prego che Dio ti perdoni, Reuben, perché tuo padre di sicuro non lo farà. Nemmeno io".

"Di cosa stai parlando, Lance?"

"Sto parlando di *te*. Quello scatto d'ira al ranch. Gli hai davvero piantato un coltello nel cuore con tutto quel parlare di tua madre e di Billy. L'hai quasi spezzato".

"Spezzato? Quell'uomo è spezzato a causa delle sue stesse scelte! Non ha mai amato mia madre, non le ha mai dato un briciolo di affetto. Neanche a me, se è per questo. Ce l'ha con me solo perché sono venuto al mondo, negandogli la libertà di fare ciò che voleva. È un egoista, freddo e senza cuore".

"Se non avessi quella pistola in mano, o il tuo *amigo* dalla pelle rossa qui, ti picchierei per bene per quello che hai appena detto".

"Beh, diavolo, Lance, non lasciare che Orso Bruno ti fermi. A questo riguardo", pesò la Dragoon che aveva in mano, allentò il cane e la posò delicatamente su una roccia vicina.

"Reuben", disse tranquillamente Orso Bruno, "non farlo. Ti batterà".

Lance si mise a ridere. Un grande, esilarante grugnito accompagnato da lui che buttava indietro la testa. "Porca misera, è una cosa che voglio fare da sempre, marmocchio viziato". Lanciò un'occhiata all'indiano. "Tieni sotto controllo quel dito pruriginoso sul grilletto, ora, ragazzo".

"Non interferire, Orso Bruno".

Il sorriso di Lance si allargò ancora di più. "Quanti anni hai adesso, Reubs?"

"Quindici." Scrollò le spalle. "Quasi."

"Beh, questo è quanto di più vicino all'essere un uomo ci possa essere. Puoi prenderle come un uomo. Ti aiuterà a crescere". Girò la faccia da un'altra parte e sputò nel fango. "Diamoci da fare".

Orso Bruno stava un pò in disparte e guardava come Lance sistematicamente e spietatamente faceva a pezzi Reuben. Il giovane si difese coraggiosamente, ma Lance si dimostrò troppo forte, troppo esperto. I suoi pugni con i guanti di pelle gli si abbatterono sulle costole, colpirono gli occhi e il naso. Alcune deboli parate permisero a Reuben di contrattaccare e di piazzare qualche colpo occasionale, ma Lance se ne fece un baffo. Un'ultima, pesante mano sinistra si schiantò sul lato della testa di Reuben, gettandolo a terra senza tante cerimonie.

Facendo un passo indietro, respirando a fatica, ma con una faccia piena di euforia, Lance sorrise all'avversario caduto. "È meglio che ti alzi, ragazzo, o ti prendo a calci fino alla morte".

"Ne ha avuto abbastanza", disse Orso Bruno, facendo un passo verso il cowboy.

"No, tu stanne fuori, pagano! Questo ragazzo ha bisogno di una lezione".

"Ha già imparato ciò che doveva".

"Non ancora!"

Orso Bruno guardò Reuben rotolare sulle ginocchia, il sangue che colava dalla bocca e dal naso. Con il viso inciso dal dolore, il giovane guardò negli occhi del suo amico e ci trovò qualcosa come un rimpianto o un'ammissione per aver commesso un errore.

"Fermati ora, Reuben", disse Orso Bruno, sapendo, anche se implorava il suo giovane amico, che nulla di ciò che poteva dire sarebbe riuscito a dissuaderlo. Così, guardò Reuben che si rimetteva in piedi barcollando, trasse un enorme respiro, si accovacciò, si girò e agitò il pugno.

Lance schivò il colpo con facilità, e sbatté un destro nelle budella di Reuben, facendolo piegare in due. Un feroce gancio sinistro gli diede il colpo di grazia.

Reuben giaceva con il naso nella terra, il sangue che gli colava intorno. Non si muoveva.

Orso Bruno avrebbe dovuto aspettarsi la prossima mossa di Lance, ma era troppo stordito dalla totale sconfitta di Reuben per capisci qualcosa. Mentre lo fissava a bocca aperta, il cowboy piroettò in basso, il suo pugno si abbatté contro il torace di Orso Bruno.

L'aria abbandonò il corpo dell'indiano che, piegato in due, ansimando per riprendere fiato, barcollò senza riuscire a difendersi dal calcio che lo colpì sotto il mento e lo lanciò all'indietro. Atterrò di schiena con un sobbalzo e rimase sdraiato lì, con ondate di confusione e dolore che lo attraversavano.

Passarono i secondi. Vagamente consapevole di ciò che lo circondava, vide attraverso una specie di nebbia Lance che afferrava la propria pistola, che era caduta dalla spalla di Orso Bruno.

"Alzati", ringhiò Lance, tirando indietro il cane della Colt Navy con una buona dose di soddisfazione. Il suo sorriso scintillante conferiva al volto un aspetto selvaggio stranamente spaventoso. Pareva divertirlo, questo improvviso rovesciamento della situazione.

Sapendo di non poter fare altro che obbedire, Orso Bruno si alzò. La pistola di Reuben giaceva a diversi metri di distanza, troppo lontana perché lui potesse fare una mossa verso di essa. Dubitava comunque di riuscire a far funzionare le gambe. Lance sapeva dare pugni, e pugni forti.

"Prendi il ragazzo e portalo nella cabina. Poi potrai occuparti di lui".

"Non credo di farcela subito. Devi darmi un momento". Scosse la testa. "Non credo di essere mai stato colpito così forte".

Lance sorrise. "Avreste dovuto pensarci prima di cercare di trattenermi".

"No, non l'abbiamo fatto. Tu ci hai seguito".

"Volevo solo sapere dove stavate andando. Non avrei mai pensato che sareste venuti qui". Girò la testa verso la capanna. "Questo è un posto orribile, pellerossa. Quello che è successo qui è qualcosa che dovreste tutti continuare a ignorare. Non sareste mai dovuti venire in questo posto". Sembrò contare i cadaveri che giacevano lì vicino. "Che diavolo ci fanno qui questi corpi?"

"Gli uomini che vedi sono venuti ad uccidere Reuben, per quello che ha fatto. Pensiamo che alcuni siano scappati. Torneranno".

"Lo faranno, perdio? Beh, è meglio che ci muoviamo in fretta. Voglio che quel ragazzo sia sistemato così possiamo tornare al ranch. Il signor Cole è molto arrabbiato e vuole punire il ragazzo e impiccare te. Come avrebbe dovuto fare prima". Ridacchiò. "Se suo figlio non avesse cercato di interferire, avremmo potuto continuare a vivere le nostre vite".

"È questo che pensi?"

"È quello che *so*, pellerossa. Sei un parassita e come tutti i parassiti di questo tipo, l'unico posto buono per te è nel profondo della terra. Morto".

Fece un gesto eloquente con la pistola, e Orso Bruno, con la forza che gli ritornava nelle membra, andò infine verso il corpo prono di Reuben e lo sollevò tra le braccia.

CAPITOLO DICIASSETTE

Mi siedo su una sedia, i cuscini dietro la schiena, un panno umido contro le mie labbra gonfie. Attraverso un occhio socchiuso, vedo Orso Bruno che si sciacqua attraverso un altro panno, l'acqua che scorre rossa con il mio sangue. Sono stupito che l'acqua scorra ancora così chiaramente dalla pompa a mano a cui lavora. Sospetto che questa capanna non sia stata abbandonata così a lungo come sembrava all'inizio.

Di fronte a me c'è Lance. Ha la mia pistola in grembo, quella di Orso Bruno nella cintura, e la propria nella sua fondita che ha ormai recuperato. Sembra un unico arsenale di morte. Ha più forza di quanto abbia mai immaginato. Quando mi sono alzato per combatterlo, non avevo idea di quanto fosse formidabile. Mi ha fatto a pezzi e non avevo alcuna possibilità. Il mio odio per lui va ben oltre i confini della natura, ma questo non significa che non lo ammiri. Non è il tipo d'uomo di cui farsi un nemico ed è proprio quello che ho fatto.

Penso a cosa potrebbe succedere dopo. So che Lance non è il tipo d'uomo con cui negoziare, che una volta che la sua mente è impostata su una linea d'azione, niente lo smuoverà da essa. Eppure, sono consapevole che quegli altri, quegli uomini che sono venuti ad uccidermi, torneranno. Ci farebbe comodo

Lance. Le sue capacità, la sua esperienza. In breve, abbiamo bisogno di lui.

"A cosa stai pensando, ragazzo?", chiede.

"Siamo nei guai, Lance". Quasi rido. Mi viene fuori come 'siamo nei guai, Jeth' a causa del gonfiore che ho intorno alla bocca. Non volevo che suonasse divertente e Lance, per fortuna, non reagisce come se lo fosse. Si limita ad alzare le spalle.

"E allora?"

"Arriveranno presto. Dovremmo prepararci".

"Ha ragione", dice Orso Bruno, strizzando il proprio panno. Mi dà le spalle, quindi non posso vederlo in faccia, ma posso quasi sentire gli ingranaggi della sua mente.

"Allora dovremmo andarcene", dice Lance e fa per alzarsi.

"Come fai a sapere di questo posto?"

È Orso Bruno. Non si gira, quindi non posso leggere nulla nella sua espressione, ma le sue parole hanno così tanto peso, così tanto significato.

"Cosa?"

"Hai detto che era un posto orribile, che non dovevamo cercare di scoprire cosa era successo. Cosa è successo?"

Vedo Lance lanciare uno sguardo alla donna, il suo corpo rigido e annerito, la pelle come una pergamena bruciata e affumicata, una caricatura grottesca di un essere umano. Se la toccassi, si disintegrerebbe in mille frammenti di carne secca e croccante.

"Henderson".

Ho quasi un conato di vomito. "Henderson?"

"Non l'hai notato?" Lance si china e raccoglie un mozzicone di sigaro scartato. Cerco sul pavimento e vedo che ce ne sono diversi. "È venuto qui per incontrarla. Erano amanti".

"Henderson?" Dico di nuovo. Non posso crederci. Scuoto la testa, trasalendo mentre dei lampi di dolore mi attraversano il cranio. "Henderson ha intrappolato questa donna qui, in questo luogo remoto, per...? No, non ci posso credere".

"Non mi interessa cosa credi, ragazzo. Henderson l'ha presa, l'ha costretta, poi quando ha minacciato di rivelare tutto, l'ha uccisa".

"Perché?" Era Orso Bruno. "Perché l'avrebbe uccisa per quello che doveva rivelare? Perché era così importante?"

"Non ti preoccupare, pellerossa. Tu pensa solo a rattoppare ancora un pò questo ragazzo e poi ce ne andremo".

"È tardi. Presto sarà buio".

"Vuoi restare qui, con *quello*?" Indica la porta della camera da letto aperta e, al di là di essa, il cadavere. Attraversa l'apertura e fissa l'interno. "Porca miseria, perché siete venuti qui? Perché non potevate lasciare tutto in pace?".

Sbatte la porta e si gira, come se fosse in preda alla frenesia, il suo corpo ha piccoli spasmi selvaggi, la testa gli trema, digrigna i denti. La vicinanza con la donna morta gli ha provocato queste curiose reazioni, o forse è stata la rivelazione su Henderson? La sua reazione è inquietante oltre ogni dire.

E poi succede tutto insieme, troppo in fretta perché io possa registrarlo o metterlo in un ordine logico.

Vedo Lance armare la Dragoon e mi chiedo, con timore, cosa voglia fare.

In un lampo, Orso Bruno si gira. Ha in pugno il suo coltello da caccia dalla lama pesante.

Un cavallo nitrisce fuori. Voci che chiacchierano eccitate. È difficile calcolare quante sono. Forse più di tre?

La lama colpisce il petto di Lance e lui sussulta di sorpresa. Con gli occhi spalancati, alza lo sguardo e si sforza di formare delle parole. Ma la sua bocca si rifiuta di funzionare. Si accascia, la Dragoon gli scivola dalle dita.

Orso Bruno si muove come un gatto e afferra l'enorme revolver.

E poi qualcuno irrompe dalla porta d'ingresso.

CAPITOLO DICIOTTO

Per un momento congelato, tutto resta immobile. Il battito del cuore mi pulsa in gola. Al di là del mio controllo, è il mio unico movimento mentre fisso la massa dell'uomo che riempie la porta, il suo viso immerso nell'ombra. Una pistola esplode, il suono detonante in quel piccolo spazio è fragoroso. Mi risuona nelle orecchie e cado in ginocchio, stringendomi le mani sulle orecchie.

Con la testa che mi gira per la confusione e la paura, mi ritrovo alla deriva in un'altra esistenza, con le immagini di mia madre che mi balenano davanti. Lei ha la mia mano nella sua e mi sta conducendo attraverso una vista ondulata di dune di sabbia, dove piccoli ciuffi di erba di Bahia rompono il terreno giallo-ocra. Il calore del sole sulla mia schiena e la vicinanza di mia madre si combinano per colmarmi di un delizioso senso di benessere. Va tutto bene. Sono al sicuro.

"Lance?"

Il suono della voce mi riporta al presente. Sbatto le palpebre più volte e guardo l'omone attraversare la stanza fino a dove Lance è seduto schiacciato contro il muro, con gli occhi spalancati dallo stupore. Le sue labbra tremano, la voce fragile. "Oh Dio, Floyd, per me sono finiti, questo è sicuro".

È allora, mentre le nuvole si dividono, che vedo chi è l'uomo. Henderson cade sulle ginocchia e grida: "Miles, vai a prendere dell'acqua!"

Mentre guardo in silenzio, mi sento gelare fino alle ossa, una sensazione terribile e strisciante che mi dice che non andrà tutto bene per niente.

Henderson sostiene la testa di Lance e quando Miles Monroe, uno dei più giovani cowboy del ranch, irrompe nella stanza, strappa la borraccia dalla mano del giovane e versa l'acqua nella bocca di Lance.

"Piano", dice Henderson mentre Lance tossisce e vomita. Ho sentito dire che l'acqua non va bene per una ferita allo stomaco, ma nel petto, non ne sono così sicuro. Forse se la lama ha mancato il cuore e i polmoni, Lance potrebbe ancora farcela.

Un movimento alla mia sinistra attira la mia attenzione. È Orso Bruno, aggrappato a una mano, con il sangue che gli cola tra le dita, la Colt Dragoon rovinata che giace ai suoi piedi, fatta a pezzi dal colpo perfetto di Henderson. Vado verso di lui.

"Stai fermo, ragazzo!"

Scatto la testa verso Henderson, la cui pistola è puntata verso di me.

"Miles, tieni la pistola puntata su quel diavolo dalla pelle rossa. Tu", agita la pistola verso di me, "alzati e porta Lance fuori di qui".

"Ma Henderson, non posso..."

"Fallo, o ti faccio un buco in fronte e dico a tuo padre che è stato questo selvaggio. Ora *muoviti*".

Non c'è niente che io possa fare, nessuna argomentazione da opporre. La mia vita traballa sull'orlo del precipizio così, nonostante la mia debolezza, vado da Lance e faccio del mio meglio per sollevarlo, ma è un peso morto. Henderson fa cenno a Miles di aiutarmi mentre sposta la pistola su Orso Bruno.

· · ·

Barcolliamo fuori, io e Miles trasportando Lance. Io lo sollevo per le gambe, Miles per le spalle. Lance, con gli occhi che gli ruotano nella testa, è cinereo e il coltello, che sporge orribilmente dal suo petto, lo sta chiaramente prosciugando della sua linfa vitale. Ci trasciniamo fino a dove sono legati i cavalli e facciamo del nostro meglio per issarlo sul dorso di una delle bestie. Geme orribilmente e mi rendo conto, con orrore, che abbiamo accidentalmente schiacciato il coltello dentro la ferita.

"Oh Dio, Miles! Mettilo giù, presto!"

Come un branco di animali in preda al panico, stendiamo Lance a terra. Il suo respiro è affannoso e il sudore sulla sua fronte trasuda come acqua dai pori. So che è vicino alla morte.

"Dobbiamo togliere quel coltello", dice Miles, spaventato quanto me.

"Come dovremmo fare?"

"Lo afferriamo e lo tiriamo fuori, credo".

"Santo cielo, Miles, se lo facciamo ci sanguinerà addosso".

"Poi troviamo qualcosa con cui bendarlo - sai, tipo stracci e simili".

"Non abbiamo niente del genere, Miles".

"Potremmo usare le lenzuola di uno dei letti all'interno del capanno. Potremmo tagliarle a strisce. Facevamo così durante la guerra messicana. Funzionava molto bene".

"Ma quelle lenzuola sono sporche, Miles, anche se ce ne sono".

"Torna dentro e prendine un po'".

Alzo le mani, il ricordo del cadavere della donna appoggiato sul letto è sufficiente a ridurmi lo stomaco in poltiglia. "Non ci torno là dentro, Miles".

"Perché no?"

"Henderson", gli rispondo, in un soffio. "Mi farà fuori se torno dentro".

Lui ci pensa per un momento. È una scusa ragionevole, mi sembra e, dall'espressione del suo viso, sembra che lo pensi anche lui. "Se te la svigni mentre sono lì dentro, ti darò la caccia, Reuben, e ti ucciderò".

"Non andrò da nessuna parte, Miles, lo prometto. Quanto lontano pensi che possa arrivare comunque? Mi assicurerò che Lance non muoia, ma fai in fretta. Quella ferita sembra brutta".

Senza un'altra parola, Miles fa un cenno con la testa e si precipita di nuovo nel capanno.

CAPITOLO DICIANNOVE

Henderson aspetta che gli altri portino fuori Lance. Poi va lentamente alla porta e la chiude. Orso Bruno, in piedi al centro della stanza, lo guarda con le mani leggermente alzate, senza espressione, rassegnato a ciò che accadrà dopo. Non mostra paura perché non prova paura. Ha accettato la morte molto tempo fa e ancora una volta quando si stavano preparando per impiccarlo al ranch di Reuben.

Sorridendo, ignaro di come si senta l'indiano, Henderson scruta la stanza, studiando gli angoli ammassati da mezzo secolo di polvere e detriti. Accanto alla pompa dell'acqua c'è un ammasso disordinato di pentole e padelle di metallo, dimenticate da tempo da chi viveva qui. Il tavolo e le sedie traballanti sono mangiati dai tarli. Niente in questo edificio è utilizzabile. "Deve essere stato un bel posto una volta".

"Te lo ricordi?"

L'omone si acciglia. "Ricordarlo? Come posso ricordare un posto in cui non sono mai stato prima, selvaggio dal cervello ottuso? Il tuo inglese è buono, ma i tuoi sensi sono confusi. Come tutti voi. Stupidi come la merda di cavallo".

Orso Bruno fa un cenno verso la porta chiusa della stanza adiacente. "E lì dentro? Come te lo spieghi?".

"Spiegare *cosa*?"

"Perché non dare un'occhiata, per ricordarsene".

Henderson inclina la testa: "Stai giocando con me, ragazzo? Potrei ucciderti subito, risparmiando al signor Cole la fatica di impiccarti".

"Morirò in ogni caso".

"Fai lo sbruffone, eh?"

Henderson abbassa il cane della pistola.

"Voglio morire sapendo che hai visto quello che hai fatto qui".

"Di che diavolo stai parlando?"

Orso Bruno fa di nuovo un cenno verso la porta. "Lì dentro. Vedrai."

Dopo una breve lotta interiore, Henderson si decide e si dirige lentamente verso la porta della camera da letto, con la pistola sempre puntata su Orso Bruno. Apre la maniglia e spinge la porta verso l'interno.

Dà una rapida occhiata.

In quel preciso istante, Miles irrompe nel capanno, trafelato, esaltato. "Ci serve un lenzuolo per tagliare e fasciare le ferite di Lance. Morirà dissanguato se non..." Si ferma, spostando la testa da Henderson a Orso Bruno e viceversa. "Cosa sta succedendo?"

La stanza è mortalmente immobile, nessuno si muove come se il tempo stesso si fosse fermato.

Henderson emette un lungo gemito ed entra in camera. Miles, dopo un attimo di esitazione, lo segue.

Orso Bruno non aspetta. Coglie l'occasione e scivola fuori, silenzioso come la brezza, vede Reuben chino sul corpo prono di Lance e prosegue nel bosco, scomparendo tra gli alberi prima che qualcuno si accorga della sua assenza.

CAPITOLO VENTI

"Cos'è questo?"

Reuben Cole torna al capanno e si dirige lentamente verso la porta della camera da letto. Miles gli dà un'occhiata fugace. Henderson è immobile come se fosse stato colpito da qualcosa, la bocca aperta, gli occhi sbattuti, confusi, sconcertati. Fissa il letto e il cadavere della donna sconosciuta.

"L'abbiamo trovata quando siamo arrivati qui", spiega Reuben.

"Ma chi è?"

"Non ne ho idea. Abbiamo pensato che forse tu potresti saperne qualcosa".

"*Io?*"

Henderson si gira, ma è distratto, i sensi non riescono ancora a capire cosa significhi qualcosa. E mentre rimane a bocca aperta, Reuben coglie l'occasione, estrae la pistola dalla cintura di Miles e fa un passo indietro, innestando il cane. Miles emette uno stridio strozzato e Henderson geme disperato.

"Getta la pistola, Floyd. Non correrò rischi con nessuna di voi due canaglie".

Henderson è apoplettico dalla rabbia. Stringe i pugni e ruggisce: "*Canaglie?* Chi diavolo credi di..."

"Butta la pistola, Floyd, o ti faccio secco".

"Meglio fare come dice lui", dice Miles dolcemente. Ha le mani alzate, è concentrato sulla pistola. "Il ragazzo è molto arrabbiato".

"Chiamami ancora 'ragazzo', Miles, e faccio secco anche te".

In silenzio, Henderson lascia cadere la fondina e si slaccia la cintura. L'attrezzatura cade a terra con un tonfo.

"Cosa farai ora, pezzo grosso?", dice Henderson.

"Non quello che farò io, Floyd. Quello che farai tu".

"Non ti capisco".

"Beh, lascia che ti faccia lo spelling, visto che sembri più ottuso di Miles qui...".

"Ti frusterò quando tutto questo sarà finito, ragazzo. E lo farò davanti a tuo padre".

"Quando tutto questo sarà finito, Floyd, sarai appeso all'estremità di una corda".

La mascella di Henderson cadde. "Di che diavolo stai parlando, ragazzo?"

Reuben ne aveva abbastanza. La pazienza andò in frantumi, scattò in avanti e colpì Henderson sul naso con la canna della pistola. L'omone ululò e barcollò all'indietro, stringendosi la faccia. Cadde sul letto e atterrò tra i resti della ragazza morta, la maggior parte delle ossa marce si scheggiarono sotto il suo peso. Urlò, più per l'orrore di trovarsi in mezzo alle ossa che per il colpo in faccia, si girò e rimase lì, sulle mani e sulle ginocchia, a guardare la macchia di sangue sul pavimento.

"Ti avevo avvertito", respirò Reuben. "Se mi chiami ancora così, ti uccido".

"Di sicuro sei diventato molto cattivo", disse Miles.

"Beh, immagino che si possa imputare alla testa del caro vecchio Floyd".

Henderson alzò lo sguardo. Attraverso un volto tormentato dal dolore, i suoi occhi bruciavano di un'intensità spaventosa. Sputò una striscia di sangue. "Non ti picchierò, Reuben. Ti ucciderò. Alla prima occasione".

"Non aspetto altro. Va bene, Miles. Lega questo miserabile e portalo fuori".

"Cosa? Sei pazzo, Reuben? Lo sei di sicuro. Perché diavolo dovrei voler legare il signor Henderson?"

"Perché è un assassino, ecco perché". E lentamente, il viso di Reuben si spaccò in un sorriso quasi maniacale. "Ha ucciso quella ragazza, proprio lì. La mia unica domanda è perché".

Miles fischiò lentamente. "E tu lo sai per certo?"

"Ho le prove, se è di questo che stai parlando. Ora legalo. Lo porto giù a Boniface e faccio fare allo sceriffo della città quello per cui è pagato". Fece scattare il cane della pistola al massimo. "Fare giustizia."

Reuben guardò attentamente mentre Miles trovava alcuni fili di corda sottile e legava insieme i polsi di Henderson, tirandogli le mani dietro la schiena. Quando ebbe finito, Miles fece un passo indietro.

"Chi è quella ragazza?"

"Non lo so", disse Reuben. "So solo che Henderson l'ha uccisa, lasciandola qui, senza dubbio, perché credeva che nessuno sarebbe mai venuto a cercarla".

"Non è vero", disse Henderson, con il sudore che gli colava sulla fronte. "Non sono mai stato in questo posto".

"È così?"

"Prove, hai detto", ha aggiunto Miles. "Che prove hai, Reuben?"

"Questo", e Reuben tirò fuori dalla tasca un mozzicone di sigaro. "Erano sparsi qui sul pavimento. C'è solo una persona che li fuma, e sei tu Henderson".

"Idiota. Chiunque avrebbe potuto far cadere quei mozziconi di sigaro. Non significano nulla e tu lo sai".

"Davvero?" Ha preso in mano il mozzicone di sigaro. "Questi qui hanno un'etichetta. Forse sbiadita, ma abbastanza chiara da poterla leggere. Cubano. Direttamente dall'Avana".

Socchiudendo gli occhi, Miles si bloccò per un momento prima di deglutire. "Buon Dio", sussurrò. Si girò per affrontare

Henderson. "Sono il vostro marchio, signor Henderson! Lei è l'assassino".

"Anche tu? Ti fai abbindolare da questa merda? Questo ragazzo ha sparso i mozziconi di sigaro. È tutto quello che ha."

"È sufficiente", disse Reuben. "E perché dovrei averli messi io? A quale scopo? Nella vana speranza che tu tornassi qui mentre ti aspettavo? Un pò azzardato, no? No, l'hai uccisa, Henderson e poi l'hai lasciata qui a marcire".

"Chi è?" Miles guardò Henderson, poi Reuben e di nuovo indietro. "*Chi era?*"

Henderson si gonfiò le guance, alzò gli occhi al soffitto e sospirò di nuovo. "Si chiamava Emily Dowers. Era venuta da New York con suo marito Nathaniel per cominciare una nuova vita insieme. Hanno costruito questa capanna". Abbassò la testa. "Ma non l'ho uccisa".

Gli occhi di Miles brillarono di un'intensità infuocata. "Come mai sai così tanto di lei?"

"Siamo diventati amanti".

Un silenzio attonito calò tra di loro. Gli altri aspettavano.

"Ma come ho detto, non l'ho uccisa io. Lo giuro su Dio".

CAPITOLO VENTUNO

"Fu circa cinque o sei anni fa che Emily e suo marito arrivarono in città", cominciò Henderson. L'avevamo fatto sedere su una sedia e Miles ed io eravamo seduti vicini intorno al tavolo, io con quella vecchia e grossa Colt puntata su di lui mentre parlava.

Lo ascoltammo e presto tutto acquistò un senso.

Nathaniel Dowers era un individuo dall'aspetto bruno, con il mento sempre coperto da una macchia di barba. Dotato di occhi acuti e di spirito d'iniziativa, aveva lavorato come contabile per una ditta di New York e quando iniziò a cercare un impiego remunerativo, il ranch dei Cole lo prese con sé. Il vecchio Cole (così chiamato perché era il capofamiglia, non perché fosse vecchio. Era tutt'altro che vecchio allora) lo assunse per gestire i libri contabili del ranch e non passò molto tempo prima che ci trovasse diverse discrepanze. Nel giro di tre mesi, il ranch riportò dei profitti e il signor Cole premiò Dowers con un aumento.

Fu il giorno in cui Dowers portò sua moglie Emily al ranch su un calesse nuovo di zecca che iniziarono i problemi. Il signor Cole invitò la giovane coppia a cena, come ulteriore ricompensa si potrebbe dire, e mentre lei scendeva dal calesse, con Nathaniel che l'aiutava a scendere, Henderson la vide e quasi cadde svenuto.

Era senza dubbio la donna più bella su cui avesse mai posato gli occhi. I capelli biondo fragola le cadevano sciolti sulle spalle, incorniciando un viso di squisita bellezza. Per un breve momento, lei fissò gli occhi di Henderson e gli fece il più lieve dei cenni. Lui, a sua volta, si tolse il cappello. Gli tremò la mano e sperò che lei non se ne fosse accorta.

Da quel momento, Henderson organizzò quanti più incontri *casuali* possibili. Si scambiavano delle formalità, una leggera inclinazione della testa, il più piccolo dei sorrisi, ma niente di più evidente di questo. Dentro, il corpo di Henderson era in fiamme. Da solo nella sua stanza, di notte, immagini di lei gli danzavano nella mente, e lui si contorceva e gemeva al pensiero di stringerla, accarezzarla, amarla.

Naturalmente, se fosse stato onesto con sé stesso, si sarebbe reso conto che nessuna delle sue fantasie sarebbe mai potuta diventare realtà. Era alle dipendenze di Cole come guardia del corpo ed era un uomo rapido nel ricorrere alla violenza, un uomo armato, più veloce e più preciso di molti altri. Qualcuno da temere. Il marito di Emily era intelligente, competente, un mago dei conti. Un uomo più apprezzato di quanto Henderson potesse mai essere. Cosa ci avrebbe mai visto in lui una donna come Emily?

La prima volta che comprese la realtà fu il giorno in cui si imbatté in lei in una delle stalle del ranch. Non quella principale vicino alla grande casa, ma una di quelle più piccole nei dintorni. Il signor Cole lo aveva mandato lì per portare una delle sue cavalle. La signora Cole voleva andare a cavalcare perché si sentiva un pò meglio e questa cavalla in particolare, conosciuta come Belle, era quella che amava di più. Henderson andò a prendere il cavallo. Non era normale per lui fare una tale commissione, ma Lance non si trovava da nessuna parte.

Finché Henderson non lo trovò.

Aveva una mano sul vestito di Emily e le labbra premute contro le sue. Una lunga gamba era avvolta intorno al capo cowboy e gli artigliava i capelli con entrambe le mani. Mentre Lance la sollevava tra le braccia e la portava verso un mucchio di fieno fresco, Henderson li guardava dalla porta, consumato dalla gelosia e dall'odio.

Aspettò che finissero. Osservò. Si mise a seguirla meglio che poteva, ma spesso questo era difficile, ma nei giorni e nelle settimane successive, catalogò ogni loro movimento. La mattina in cui lei scomparve, Nathaniel entrò in casa, fuori di sé dalla disperazione. Il vecchio Cole convocò Henderson per trovarla. Cosa che fece, scapigliata e nuda sul letto della baita di Dower. Ma non come era una volta. Era stata colpita a morte.

Henderson inciampò fuori dalla capanna come se fosse afflitto da qualche orribile malattia, incapace di parlare, a malapena in grado di camminare. Cavalcò fino al grande ammasso di contrafforti a qualche miglio dal ranch, e si sedette lì, a piangere per una vita che non avrebbe mai conosciuto e per la donna che aveva amato.

Poteva essere stato Lance? Ma perché, perché ucciderla quando erano ovviamente consumati dalla passione l'uno dell'altra? Henderson non riusciva a capirlo. Al suo ritorno nella grande casa, Lance era già lì, disinvolto, indifferente. Il suo contegno freddo, tuttavia, fece credere a Henderson che, nonostante il suo ardore, Lance sapesse benissimo quale fosse stato il destino di Emily.

"Ma tu non hai prove", disse Reuben quando Henderson giunse alla fine del suo racconto. "Non hai visto davvero Lance ucciderla, vero?".

Henderson, con gli occhi umidi e arrossati, si sforzò di mantenere la voce uniforme. "È ovvio".

"Lo è? Penso che ciò che sia più ovvio che la tua gelosia ti abbia spinto ad ucciderla".

"Sembra proprio così, signor Henderson", disse Miles, sommessamente.

"Ti ho detto la verità", disse Henderson.

"Allora perché non hai detto a nessuno quello che avevi trovato?" Reuben si chinò in avanti. "Tutti questi anni, lasciandola qui, a marcire in quel letto. Che razza di uomo sei per fare questo?".

"Io non..." Esasperato, Henderson si passò entrambe le mani sul viso nonostante i cordoni che gli legavano i polsi. "Non credi che abbia pensato di farlo?"

"Allora perché non l'hai fatto?"

Henderson lasciò cadere le mani e fissò Miles. "Meno di due settimane dopo ci siamo imbattuti in Nathaniel Dowers che penzolava da una corda. Con il cuore spezzato, si era impiccato. Mi ritengo responsabile perché è stato il non sapere a ucciderlo, quel povero stupido. Se gli avessi detto quello che sapevo, forse... Ma non potevo. Non potevo permettergli di vederla in quel modo. Avevo intenzione di tornare, di seppellirla come si deve ma quando si è tolto la vita è diventato tutto così... inutile. Il tempo è andato avanti e alla fine me lo sono tolto dalla testa".

"E che dire di Lance? Non l'hai mai messo di fronte a quello che sapevi?"

"No, mai. Ma quando hai annunciato che eri stato inseguito qui da quelle canaglie da cui avevi cercato di proteggere Orso Bruno, sapevo che Lance ti avrebbe seguito. Così, l'ho seguito a mia volta".

"Vuoi dire che è stato Lance a piantare quei mozziconi di sigaro", disse Miles, "per far cadere i sospetti su di te?".

"È così, Henderson?" disse Reuben, i suoi occhi non lasciarono mai la guardia del corpo di suo padre. "È questo che pensi sia successo?"

Henderson mantenne lo sguardo di Reuben. "Non riesco a pensare ad altro. Una volta che si fosse saputo che Emily giaceva qui, fatta a pezzi, ci sarebbe stato l'inferno da pagare. Lance sapeva che provavo qualcosa per lei. Sospetto che anche tuo padre lo sapesse. Sarebbe stato facile dare la colpa a me".

Appoggiandosi alla sedia, Reuben studiò per un pò di tempo il possente uomo che aveva seduto di fronte. La sua spiegazione aveva senso. Lance era intelligente, pieno di risorse. Se qualcuno poteva architettare uno scenario così ingannevole, quello era lui. Esalò un forte sospiro. "C'è una cosa che proprio non capisco", disse lentamente, esternando i suoi pensieri, "perché Lance avrebbe dovuto ucciderla in quel modo? Se l'amava, intendo".

"Come hai fatto anche tu..." disse Miles Monroe, fissando il pavimento.

"Io... ho cercato di capirlo in tutti questi anni. Onestamente non credo che sia stato Lance ad ucciderla. Penso che sia stato suo marito, consumato dalla gelosia. Questo è quello che penso."

"Come faceva a saperlo?"

"Forse glielo ha detto lei, chi lo sa. Non riesco a vedere Lance che la uccide, indipendentemente da quello che ha cercato di fare per incastrarmi".

"E c'è un'altra piccola preoccupazione che ho. Perché Lance dovrebbe *incastrarti*, perché non affrontare il marito e consegnarlo alla giustizia? *Se*, ovviamente, fosse lui l'assassino?".

"Non posso rispondere. Lance è sempre stato geloso del mio rapporto con tuo padre, della fiducia che abbiamo. Forse aveva intenzione di scalare la gerarchia nel ranch".

"Promozione? Incastrandoti con l'omicidio di Emily?" Reuben aspettò, ma con Henderson che scivolava in un silenzio lunatico, fece un cenno verso Miles. "Slegalo e andiamo a parlare con Lance. Forse allora potremo avere delle risposte chiare".

"Se è ancora vivo".

"Sì... *se* è ancora vivo".

• • •

Uscendo fuori, tutti e tre si bloccarono sul primo gradino della cabina.

Lance non era steso a terra.

Lance era scomparso.

CAPITOLO VENTIDUE

Il vecchio Bill Night gestiva il bordello della città di Saint Boniface, ed era pieno di pulci come il locale che gestiva. La maggior parte dei giorni, e delle sere, trascorreva le ore su una sgangherata sedia a dondolo, sorseggiando whisky da una brocca di pietra, guardando il mondo scorrere con la stessa stanca accettazione della sua vita passata. Molto tempo prima, aveva vagato per la catena montuosa, un cacciatore di taglie alla ricerca dei molti e variegati bottini che erano così riccamente sparsi nel West. Avendo accumulato abbastanza denaro, si comprò un saloon nella città di Saint Boniface e si stabilizzò in una crescita costante, estendendo infine la sua attività fino a includere un bordello. Spesso prendeva parte ai piaceri offerti dalle sue dipendenti, ma erano passati molti anni dall'ultima volta che aveva sentito anche solo il minimo desiderio di tali indulgenze. Quando due anni prima, Nancy arrivò da Chicago, bella come una mattina di primavera con i suoi capelli biondo cenere ammucchiati in alto sulla testa, il panciotto stretto intorno alla vita, e il suo sedere così paffuto che non c'era il più debole aumento del battito cardiaco, nessun aumento di sudore. Niente. Il vecchio Bill capì allora che la vita non era altro che una sala d'attesa per l'inevitabile.

Sotto di lui, sdraiato sui gradini, Joshua LeMar suonava il suo banjo. Joshua era cattivo come un serpente a sonagli con il mal di denti e legato alla parte posteriore del suo banjo c'era una Wells Fargo Navy con la quale spesso sparava agli sconosciuti di passaggio. Da quando lo sceriffo Morris era morto lo scorso autunno, non c'era legge a Saint Boniface e Bill preferiva così. Portava un certo grado di libertà ai suoi affari. Se qualcuno faceva un passo falso, toccava a lui rimediare. O Joshua, ora che il vecchio Bill era molto più lento, le sue ginocchia gonfie come i nodi di un albero, le mani piegate con le dita più simili ad artigli che alle agili estremità di una volta. Gli piaceva Joshua e lo teneva al suo fianco, offrendogli da bere e l'occasionale giro gratis con una delle ragazze. Joshua ripagava la gentilezza guardando le spalle al vecchio Bill. Era un accordo reciprocamente vantaggioso e lo era stato per almeno una mezza dozzina di anni. Nessuno dei due vedeva alcun motivo per cui dovesse cambiare.

Bill Night sonnecchiava, ma con il sole diffuso, la nebbia bianca dell'inverno che attenuava la sua solita intensità che succhiava la vita dalla terra e sbiancava gli edifici che correvano su entrambi i lati dell'unica strada della città, era difficile. Nei mesi estivi, la gente cuoceva nelle case e nei negozi come panini in un forno. In inverno, tremavano, intorpiditi dal freddo. Questa era una mattina così e meditava di andare in casa a scaldarsi davanti al fuoco quando un uomo arrivò a cavallo. Joshua lo vide per primo, grugnì e si mise a sedere. Il vecchio Bill girò il suo magro collo da pollo e si accigliò. Era raro che qualcuno arrivasse in città al giorno d'oggi, ancora più raro era un cavaliere solitario, per non parlare di uno come questo. Magro, vestito con una camicia bianca che accentuava il sangue rappreso sul davanti. Il vecchio Bill lo misurò e decise che l'uomo era stato colpito o pugnalato. Da quella distanza, non poteva dirlo. Notò che l'uomo non aveva una pistola, ma solo una vecchia carabina ad avancarica in un fodero attaccato alla sella. L'aspetto più inquietante dello sconosciuto, tuttavia, era il pallore. La perdita di sangue lo avrebbe ucciso di sicuro.

"Vai a controllarlo, Josh".

Grugnendo di nuovo, Joshua diede un ultimo colpo al suo banjo e si alzò. Controllando entrambi i lati della strada, scese dal saloon e camminò verso lo straniero.

Il vecchio Bill continuò a guardare. Girò la testa e chiamò dentro il salone: "Katrina. Portami la lupara". Osservando di nuovo lo sconosciuto, il modo in cui la sua testa ciondolava da un lato all'altro, la mano che non teneva le redini che pendeva floscia e pesante, era chiaro che non era in condizioni di rappresentare alcun tipo di minaccia, ma il vecchio Bill non era il tipo da correre rischi. Quando Katrina uscì alla luce del sole, strizzando gli occhi al bagliore, lui le strappò la pistola e controllò rapidamente il carico. "Torna dentro", scattò, e Katrina lo fece, fermandosi un attimo per dire al vecchio Bill che il saloon era a corto di whisky. Lui sogghignò e rivolse nuovamente la sua attenzione allo straniero.

Con gli occhi fissi sul cavaliere sofferente, rassicurandosi che non ci fosse un'arma nella sua cintura, Joshua tirò fuori la Wells Fargo dal retro del suo banjo e si portò vicino al cavallo. Infilandosi lo strumento musicale sulla spalla, prese delicatamente le redini, impedendo al cavallo di continuare. Notando l'arresto improvviso del suo cavallo, lo straniero sollevò la testa.

"Amico", disse Joshua a denti stretti, "hai un aspetto terribile. Non abbiamo un medico qui, ma possiamo portarti al saloon. Alcune delle ragazze sanno un paio di cose su come ricucire le ferite e simili. Ti hanno sparato?"

Lo straniero scosse la testa, un'azione che gli causò un certo dolore. Trasalì, aspirando il respiro con un sibilo. "Un coltello. Profondo."

Joshua mise la Wells Fargo nella cintura e allungò le braccia:

"Lasciati sollevare di peso, amico. Ti porto al saloon. Le ferite da coltello sono le peggiori".

Lo straniero si lasciò cadere tra le forti braccia di Joshua. Gemeva, il sangue uscendo dalla ferita schizzò sul davanti della camicia di Joshua.

"Diavolo, dobbiamo sistemarti in fretta".

"L'ho tolto", disse lo straniero.

"Accidenti, non sono sicuro che fosse la cosa giusta da fare, amico". Girò la testa verso i gradini del saloon e fischiò forte. "Vecchio Bill, manda qualcuno a portare il cavallo di quest'uomo alla stalla. Poi dì alle ragazze di preparare un tavolo. Avrà bisogno di essere medicato e molto in fretta. Si sta dissanguando, Vecchio Bill".

Da quel punto in poi accadde tutto molto velocemente. Dal nulla lo straniero sembrò raccogliere tutta l'energia residua che aveva, raggiunse la Wells Fargo di Joshua e la tirò via.

"Oddio", disse Joshua.

Lo straniero gli sparò nelle budella e Joshua cadde a terra, rotolandosi e starnazzando, aggrappandosi alla terribile ferita al torace, con il sangue che gli sgorgava tra le dita. "Mi ha ucciso, Bill. Mi ha ucciso."

Lo straniero sparò a Joshua altre due volte per farlo tacere prima di attraversare la strada verso il saloon.

"Oh mio Dio", respirò Bill e si alzò, le sue vecchie gambe traballanti sotto di lui. Gli era rimasta poca forza e non poteva rimanere in piedi a lungo. Anche così, riuscì a portare il fucile e a scaricare una canna. Lo straniero, tuttavia, era fuori portata, i proiettili si sparsero innocuamente in un ampio raggio. Lo sconosciuto continuò ad avanzare.

Sprofondando nella sua sedia a dondolo, il vecchio Bill maledisse ogni singola entità in cui qualcuno avesse mai creduto e cercò invano di sparare di nuovo.

L'uomo salì i gradini, puntando la Wells Fargo dritto davanti a sé. "Gettala."

Il vecchio Bill si afflosciò, crollando su sé stesso, con il fucile che cadeva a terra. "Non c'era bisogno di uccidere Josh in quel modo, signore. Stava solo cercando di aiutare".

"Le ragazze ha detto", continuò lo straniero, liquidando le parole del vecchio Bill come se non le avesse mai sentite. "possono rattopparmi, ha detto. Allora, dì loro di darsi da fare". Allentò il cane della pistola: "O ti faccio saltare la testa avvizzita, vecchio".

In realtà, il vecchio Bill non ebbe bisogno di chiamare nessuno. Katrina stava già entrando di corsa dalle porte ad ala di pipistrello. Nelle sue mani c'era una pala dal manico lungo che fece oscillare in un ampio arco. Prima che lo straniero avesse la possibilità di voltarsi, il pesante piatto della vanga gli schiaffeggiò il lato della testa e lui cadde a terra con un tonfo sordo, svenuto.

"Dite alle ragazze di legare questa canaglia", ansimò il vecchio Bill, con una mano tremante che gli asciugava il sudore che gli scendeva sulla faccia, "e poi lo impiccheremo proprio qui fuori in strada".

"Puoi scommetterci", disse Katrina mentre si appoggiava alla vanga per ammirare il suo lavoro.

CAPITOLO VENTITRÉ

"Questa è la prova che è stato lui", disse Miles Monroe, mentre i tre partivano a cavallo all'inseguimento di Lance.

"Sembra proprio così", grugnì Henderson, accendendosi un sigaro. Stringendolo in un angolo della sua bocca crudele, lanciò un'occhiata odiosa a Reuben. "Direi che mi devi delle scuse, ragazzo".

"Te l'ho detto e non te lo ripeto più, chiamami ancora una volta *ragazzo* e ti metto sotto terra".

"Ora aspettate", disse Monroe rapidamente, "non c'è bisogno di continuare ancora questa faida. Dobbiamo lavorare insieme per catturare Lance e riportarlo al ranch in modo che il signor Cole possa interrogarlo e arrivare in qualche modo alla verità di tutto questo".

Si addentrarono con i loro cavalli nel bosco circostante, ognuno facendo attenzione ai rami sporgenti, immergendo la testa ogni pochi passi.

"Penso che probabilmente è meglio così", ha aggiunto Monroe, "se quella povera ragazza avrà mai un qualche tipo di giustizia.

"E voglio quelle scuse", ringhiò Henderson.

"Se Lance lo racconta allo stesso modo, le riceverai Henderson", disse Reuben, setacciando il terreno in cerca di segni. La sua mente era più rivolta a Orso Bruno in quel momento e a dove il suo amico poteva essere arrivato. Gli uomini come Henderson prima agivano, poi facevano domande. Avrebbe sparato a Orso Bruno prima ancora di aver scalfito la superficie della verità. L'indiano aveva fatto bene ad andarsene, ma dove fosse e cosa stesse per fare erano un mistero per Reuben. Non riusciva a spiegarlo, ma sapeva che Orso Bruno era da qualche parte vicino, vigile, aspettava il momento giusto, ma per cosa, Reuben non riusciva a intuirlo.

Fu quando emersero dal lato più lontano del bosco che avvistarono per la prima volta i cavalieri. Reuben ne contò quattro. Non sembravano avere particolare fretta, ma si stavano dirigendo verso la capanna.

Reuben sapeva istintivamente chi erano. "Sarà meglio smontare e mettersi al riparo", disse.

"Pensi che siano gli stessi che hanno cercato di spararti, Reuben?"

Reuben fece un cenno verso Monroe: "È difficile da dire, ma per quale altro motivo quattro uomini verrebbero da questa parte?".

"Beh, non abbiamo molta scelta se non quella di rintanarci qui", disse Henderson, afferrando il pomo della sella. "Lance ha preso il cavallo con l'unica carabina che abbiamo, quindi dovremo affrontarli da vicino".

"*Affrontarli?*" strillò Monroe. "Che diavolo significa?"

"Significa", disse Henderson, abbassandosi a terra, "che sono assassini e non saranno in vena di parlare del tempo".

"Ma sparare, signor Henderson, non sono un pistolero. Sono un cowboy e non ho mai..."

"Bene, ora è il momento di imparare, Monroe. Controlla il tuo carico e poi porta i cavalli fuori dalla vista. Assicurati di azzopparli perché quando inizierà la sparatoria, saranno spaventati".

"Non credo di riuscire a..."

"Fallo e basta. *Adesso.*"

Per un momento Monroe sembrò voler argomentare ulteriormente il suo punto di vista, ma quando Henderson mise le mani sui fianchi e lo fissò duramente, il giovane cowboy si voltò, sconfitto. Reuben lo guardò mentre si allontanava con i cavalli.

"E tu, Reuben? Te la senti di farlo?"

Reuben si voltò per sostenere lo sguardo di Henderson. "A qualunque costo".

"Sei cresciuto molto in fretta in questi ultimi giorni, vero?"

"Non ne ho ancora compiuti quindici, come ben sai, ma niente di tutto ciò ha più importanza. Ho ucciso degli uomini e se non lo faccio anche questa volta..." Guardò verso i cavalieri: "Beh, sicuramente mi uccideranno".

"Ti ho giudicato male".

"Perché? Perché ora sono un assassino?"

"No. Perché capisci che la vita raramente ti dà una buona mano. È come giochi la partita che conta. Non solo uccidere".

"Vorrei non averlo mai fatto. Vorrei non esserci mai caduto. Vorrei non aver mai posato gli occhi su Orso Bruno".

"Sono un sacco di desideri. Non puoi disfare ciò che è stato fatto, Reuben. Quel che devi fare ora è conviverci, o almeno trovare un modo".

"Ciò che devo fare adesso", disse con un sospiro mentre estraeva la sua pistola, "è cercare di uscire vivo da questa situazione".

Girando la testa verso i cavalieri che si avvicinavano, Henderson tirò un grosso respiro. "Ci mettiamo al riparo e non apriamo il fuoco finché non ci stanno quasi addosso. Non sparate finché non lo faccio io, capito?"

Reuben annuì. "Va bene. Ho solo sei colpi, però".

"Allora fatteli bastare. Mira bene e quando un uomo cade, sparagli di nuovo".

Senza il tempo di fare altre domande, Reuben si staccò,

correndo verso il sottobosco che si addensava tra gli alberi. Non aveva idea di dove fosse andato Henderson, dato che ora si concentrava nel trovare un posto per nascondersi. Anche così, mentre si immergeva più a fondo nell'oscurità inquietante della foresta, una rapida occhiata alla sua sinistra lo portò a una brusca frenata.

Monroe rimase radicato, come gli alberi, immobile, fissando qualcosa. Reuben doveva chiamarlo, ma non aveva né la forza né la voglia di farlo. La paura lo attanagliava. I cavalieri si stavano avvicinando, e poteva sentire le loro voci, l'odore del sudore dei cavalli. Eppure Monroe continuava a dare la schiena a quegli uomini, come in una sorta di trance.

E poi, senza alcuna apparente ragione, cadde con la faccia a terra. Reuben guardava, ma non riusciva a capire. La morte, silenziosa come la notte, lo aveva avvolto.

Li aveva avvolti tutti.

CAPITOLO VENTIQUATTRO

Il primo pugno del vecchio Bill si infranse sotto le costole di Lance con la potenza di un calcio di mulo, facendo esplodere la ferita nel suo petto e facendo schizzare un fiotto di sangue. Lance urlò. Questo non fermò il vecchio Bill, anzi lo spronò. "Hai ucciso il mio migliore amico", ringhiò e sferrò un sinistro pesante alla mascella di Lance, facendo schizzare la testa del cowboy all'indietro. Norton, il barista, e Sarah, un'enorme puttana con braccia come tronchi d'albero, sostenevano lo sventurato Lance. Dall'interno del saloon, una mezza dozzina di ragazze ridacchiavano di gioia. Tutti si stavano divertendo.

A parte Lance, naturalmente, che stava inghiottendo il sangue e il moccio che gli gorgogliavano e schiumavano in gola.

"Attento a non ucciderlo prima che lo impicchiamo", disse Norton.

Era un consiglio pratico. Non scaturito da un senso di pietà, ma semplicemente perché lo vedeva vicino alla morte, il vecchio Bill cedette e barcollò all'indietro per lasciarsi cadere su una sedia, ansimando forte. "Dammi una birra".

"Portate da bere al vecchio Bill, una di voi!"

Katrina si tuffò rapidamente dietro il bancone e mise un bicchiere polveroso sotto la spillatrice a mano. La birra dal colore pallido si rovesciò sull'orlo, la schiuma cremosa ne costituiva più della metà del volume, ma la portò comunque al vecchio Bill, che la bevve con grande gusto.

Si passò una mano nodosa sulla bocca, schioccando le labbra. "Aveva un buon sapore. Portamene un'altra".

Katrina lo fece. Con quella nuova, il vecchio Bill si prese tutto il tempo.

"Trascinatelo fuori", disse dopo un momento. "Lo appenderemo davanti al negozio di merci di Carl Malone. La sua insegna ha un bel palo di sostegno in metallo resistente".

"Malone se n'è andato e ha lasciato la città questa mattina presto, vecchio Bill", disse Sarah, sudando per lo sforzo di tenere Lance in piedi.

"Pensi che io debba chiedere il suo permesso?"

Scrollò le spalle. "Potrebbe essere. Ma da quello che ho capito, non tornerà. Dice che questa città è morta e che è andato a cercare fortuna altrove. Quindi sì, fai quello che pensi sia giusto".

"Caspita, Sarah, hai la mente di una bambina".

"E il corpo di un bisonte maschio", aggiunse Norton, facendo scorrere la lingua lungo il labbro inferiore.

"E tu puoi dare lezioni sulla mascolinità, vero, Nort?", rispose Sarah, gettando indietro la testa in una forte risata. Le altre ragazze strillarono.

"Non ti ho mai sentita lamentarti", disse Norton, un pò ferito.

"Non riuscivo a parlare per le risate!"

"È un pesciolino", gridò un'altra giovane puttana dall'angolo.

"Come un girino".

Il soffitto della stanza quasi crollò per le risate incontrollate dei presenti.

Con la faccia rossa, Norton si allontanò, rilasciando la presa sul cowboy. "Non resterò a sentirvi."

Anche Sarah allentò la presa e Lance cadde con uno schianto sul pavimento. Sarah, emettendo un sospiro di gratitudine per la perdita del fardello, si chinò dall'altra parte del bancone verso Katrina che era ancora lì. "Che ne dici di una birra per me, piccola mia?"

Katrina guardò a lungo la sua collega. Tuttavia, le versò un bicchiere di birra.

"Portiamolo fuori", disse il vecchio Bill con voce stanca. "Sono stufo di guardare la sua faccia".

Accovacciato fuori, accanto alle porte ad ali di pipistrello del saloon, perso nelle ombre proiettate dal tetto della veranda, Orso Bruno sentì ogni parola. Per salvarsi la vita, era scomparso nel bosco e aveva pianificato di tornare per aiutare Reuben a fuggire al momento giusto. Quei piani, tuttavia, cambiarono drasticamente quando Lance barcollò in piedi e si trascinò faticosamente sul cavallo di Reuben. Orso Bruno lo guardò in un silenzio stupito mentre il cowboy ferito scivolava via. Risvegliandosi, aveva rintracciato Lance con facilità, seguendolo fino in città, credendo di poter, in qualche modo, convincere Lance a tornare al ranch di Reuben, dare la sua versione dei fatti, affrontare le conseguenze e far tornare Reuben nelle grazie di suo padre.

Ma poi aveva assistito all'uccisione del suonatore di banjo e si rese conto, ancora una volta, che i piani dovevano cambiare.

Così si accovacciò, in attesa.

CAPITOLO VENTICINQUE

Gli spari risuonarono senza preavviso. Reuben scattò in piedi quasi prima che Henderson gridasse: "Aprite il fuoco, aprite il fuoco!".

Entrò in un altro mondo. In un istante accecante di paura e confusione, la foresta circostante, così tranquilla e serena, era ora un campo di battaglia. Uomini che lottavano disperatamente per tenere sotto controllo i cavalli terrorizzati, sparavano senza mirare mentre Henderson, così alto, così grande, sparava i suoi colpi con grande precisione.

Correndo, piegato in due, Reuben si diresse verso il riparo più vicino: un tronco d'albero caduto, vecchio e nodoso ma più spesso di un manzo. Tuffandosi, si girò, diede un'occhiata e guardò, ipnotizzato, mentre Henderson sparava a un uomo in sella, mandandolo a terra, con il sangue che gli colava dal petto. Un altro proiettile risuonò andando a colpire l'uomo caduto di testa prima che gli altri potessero riorganizzarsi per rispondere al fuoco in modo più controllato.

Tre uomini, tutti a cavallo, le loro cavalcature che strillavano, giravano, scalciavano e combattevano. Un altro cadde, il proiettile gli fece saltare la parte superiore della spalla. Urlò e i due cavalieri rimasti decisero che la cosa migliore da fare era smontare.

Lo fecero, ma non in modo ordinato. Gettandosi a terra, i loro cavalli, sollevati di essere liberi, partirono al galoppo forsennato. Rotolando sotto qualsiasi copertura potessero trovare, i due uomini spararono un colpo dopo l'altro.

A un certo punto, Henderson cedette e cadde su un fianco. Riuscì a rimanere su un ginocchio, ma mentre Reuben lo studiava, vide il sangue scorrergli lungo il polso schiacciato. La sua mano armata era ferita.

Apparentemente non preoccupato, Henderson raggiunse le profondità del suo spesso cappotto per estrarre un'altra pistola. Dalla sua posizione inginocchiata, sparò altri due colpi prima che un proiettile lo colpisse alla gola.

La bocca di Reuben si aprì e vide come in un sogno, un grigiore inquietante che calava sulla scena. Henderson si afflosciò come un grande albero, la forza svanì dal suo corpo. Niente più controllo. Niente più vita. Sbatté contro il suolo della foresta e rimase immobile.

Morto.

Gridando, Reuben ruppe la copertura. Senza tempo per pensare, convulso da una forza irresistibile, attraversò il terreno aperto, con la pistola puntata in avanti, tutta la sua concentrazione fissa sui due uomini rimasti. Erano a bocca aperta, con gli occhi spalancati, increduli, e spararono una raffica selvaggia.

Reuben continuò a correre. A circa dieci passi da loro, si fermò, trattenne il respiro e sparò al primo uomo in mezzo agli occhi. L'altro si alzò, agitò le braccia e scosse violentemente la testa.

Reuben gli sparò al petto, gettandolo indietro contro l'albero più vicino, scivolando giù in posizione seduta. Lo fissò, con la bocca che cercava di formare parole e Reuben gli sparò di nuovo, questa volta alla testa.

Per il più breve dei momenti, scese il silenzio. Non un

silenzio naturale e gradito, ma uno che sembrava non contenere altro che presagi. Reuben non avrebbe mai potuto spiegarlo, ma qualcosa, un messaggio o un avvertimento proveniente dall'aria, etereo, inspiegabile, lo fece girare. Mezzo rannicchiato, si girò, la pistola vicino al fianco, col palmo sinistro accarezzò il cane.

Tre proiettili colpirono lo straniero che si avvicinava, l'uomo che Reuben scoprì poi aver ucciso Monroe. Si accasciò, l'arco che portava, quel silenzioso strumento di morte, cadde ai suoi piedi.

L'immobilità gli penetrava nel profondo delle ossa mentre Reuben si accasciava su un albero caduto e metodicamente ricaricava la sua pistola con le pallottole che aveva preso da uno dei morti. Rabbrividì e rivolse gli occhi al cielo. La sottile copertura di nuvole bianche dava al tutto una sensazione ultraterrena, come se in qualche modo fosse scivolato in un'altra esistenza, lontano da questo mondo. Avvolgente e deprimente, la pesantezza dell'atmosfera gli si posò addosso e non gli lasciò scampo.

Dopo qualche istante, si avvicinò al corpo di Henderson, frugò nella tasca dell'omone e trovò un sigaro, insieme a una piccola scatola d'argento che conteneva alcuni fiammiferi. Studiò il sigaro per diversi minuti, arrotolandolo tra le dita, poi se lo mise in bocca, lo accese e aspirò il tabacco.

Immediatamente preso da un attacco incontrollabile di tosse violenta, si piegò e vomitò, sentì la bile che gli saliva in gola e gettò via il sigaro con disgusto.

Si alzò tremante, premendo il dorso della mano su ogni occhio che lacrimava, e avendo riacquistato un pò di compostezza, fece del suo meglio per controllare gli altri corpi, dandogli un calcio nel fianco per vedere se si muovevano.

Uno, un individuo magro e segaligno, gemette quando lo stivale di Reuben gli toccò le costole. Subito Reuben si inginocchiò, tolse abilmente la pistola all'uomo e la gettò fuori dalla sua portata.

"Pietà", riuscì a dire, con il sangue che gli colava dalla bocca mentre parlava. Anche i suoi denti, i pochi rimasti, erano inondati di sangue. Reuben sapeva, senza controllare la ferita, che l'uomo era stato colpito di netto all'intestino. Sarebbe morto entro un'ora. "Per l'amor di Dio, ti supplico..."

Reuben mise un indice sulla bocca dell'uomo. "Va tutto bene, cerca di non agitarti troppo".

Con una velocità e una forza sorprendenti, la mano dell'uomo si mosse in avanti, afferrando l'avambraccio di Reuben. "Sto per morire, vero? Oh, dolce Gesù, non lasciarmi morire!"

"Devi stare calmo", disse Reuben, facendo del suo meglio per sembrare rassicurante. Cercò invano di scrollarsi la presa d'acciaio dell'uomo. "Ti vado a prendere dell'acqua".

"No, ti prego, non lasciarmi solo".

"Ci metterò un attimo", disse Reuben, facendo di nuovo del suo meglio per liberarsi. L'uomo si aggrappò, tuttavia, persino più forte di prima. L'espressione febbrile e selvaggia nei suoi occhi fece capire a Reuben quanto fosse terrorizzato il moribondo.

"L'indiano. È tutta colpa di quello che abbiamo fatto. Mi ha ucciso lui".

Reuben ha sbattuto le palpebre per la sua sorpresa. "Cosa? No, no, se n'è andato. Lui..." Si fermò, non volendo accettare la verità. Sapeva anche che era inutile. L'uomo non capiva più nulla e blaterava.

"Non avremmo mai dovuto... Non avremmo mai dovuto ascoltare Banner. Niente di tutto questo ha a che fare con nessuno di noi. Se solo fossi rimasto al forte. Se solo..." Afferrando il braccio di Reuben più forte di prima, l'uomo si sollevò in posizione seduta. Attraverso le labbra tremolanti, la sua voce rantolò: "Lo vedo. Lo vedo arrivare".

"Chi? Chi vedi arrivare?"

La testa dell'uomo si girò di scatto, il suo sguardo bruciò in quello di Reuben. "È qui ed è venuto ad uccidermi. Mi dispiace. Santo cielo, mi dispiace".

Il proiettile colpì l'uomo in mezzo agli occhi, scagliando il suo corpo spezzato nella terra. Reuben si girò, puntando la sua pistola.

Per il più breve degli istanti, fissò il volto dell'uomo che aveva architettato tutto. Quello chiamato Banner. Reuben si gettò alla sua destra quando la pistola dell'uomo sparò. Rotolando più e più volte, sapeva di dover rimanere un bersaglio mobile, altrimenti sarebbe finita. Con poche possibilità di riuscire a mirare con la propria pistola, continuò a rotolare finché non raggiuse un cespuglio di salvia e si infilò in profondità tra i rami fragili ma appuntiti.

Il dolore gli faceva pulsare la spalla. Non se ne era accorto finché non si era fermato. Ora si rese conto di essere stato colpito. Con poco tempo per reagire, respinse il dolore e diede un'occhiata. Vide il massiccio Banner che ricaricava freneticamente. Reuben tirò fuori la pistola e sparò. Uno, due, tre proiettili. Andarono tutti a vuoto, ma ebbero l'effetto desiderato e Banner si voltò e scappò, precipitando nelle profondità degli alberi, inghiottito dall'oscurità. Andato.

Reuben rimase immerso nella boscaglia, non osando emergere finché non fu certo che Banner se ne fosse andato. Rassicurato, si alzò e subito sibilò un respiro affannoso tra i denti, il dolore alla spalla bruciava con un'intensità diversa da qualsiasi cosa avesse mai provato. Infilando la pistola nella cintura, tastò la ferita con le dita e sospirò di sollievo. Il proiettile aveva sfiorato la carne, creando un profondo solco sulla camicia. Il sangue trasudava e doleva come il peccato, ma almeno il proiettile non era dentro. Strappandosi il fazzoletto da collo, ne fece una palla e legò la ferita per arginare l'emorragia. Poi si preoccupò di ricaricare la pistola. C'erano molte altre armi da fuoco sparse in giro, insieme a vari oggetti che poteva usare. Il suo primo problema, però, era trovare un cavallo. Erano tutti scappati. Monroe non era riuscito ad azzoppare i loro cavalli prima di essere ucciso, quindi anche quelli se ne erano andati. Senza un cavallo, non sarebbe andato molto lontano con quel freddo.

Dando un'ultima occhiata in giro e assicurandosi che Banner se ne fosse andato, si mosse lentamente e metodicamente tra gli alberi finché, finalmente, trovò un paio di cavalli che pascolavano tranquilli su un prato d'erba grossolana. Quasi svenne dal sollievo.

CAPITOLO VENTISEI

Mitch era stanco. Aveva dormito in sella, ma ora, stirando la schiena, ogni muscolo e tendine gli doleva in un modo che gli faceva pensare che il suo corpo fosse diventato di pietra. Tirando su il cavallo, guardò la pianura infinita che si estendeva verso l'orizzonte lontano. Vedendo le montagne lontane, grigie e nebbiose nella fredda luce mattutina, si rese conto che aveva ancora molta strada da fare prima di raggiungere Fort Defiance, il luogo dove credeva che il giovane Reuben fosse diretto. Ma questo era prima di aver sentito gli spari. Aveva quindi continuato a costeggiare l'ovest, non volendo essere coinvolto in uno scontro a fuoco, indipendentemente da chi stesse sparando. Sapeva che gli Arapaho continuavano a vagare in quella zona e che da tempo circolavano voci che gruppi di razziatori, prossimi alla morte per fame, avevano attaccato le fattorie. Era morta della gente. Mitch era un uomo solo e, sebbene fosse bravo con la pistola, dubitava di poter resistere a lungo contro un gruppo di indiani disperati.

Aggirando la foresta che separava la prateria in due parti distinte, arrivò ad un'altura e lì, molto più in basso, c'era una città. Doveva essere Saint Boniface. Senza sapere cosa lo aspettasse, proseguì più cauto.

Aveva individuato l'indiano poco dopo. Strizzando gli occhi attraverso il paesaggio ondulato, Mitch notò che l'uomo era a piedi e si muoveva con un'andatura regolare e lenta. Inoltre, era chiaro che si stava dirigendo verso la città. Ora, perché mai, pensò Mitch, strofinandosi il mento. Significava che Reuben era in città? Da solo? Loro, Reuben e il selvaggio avevano lasciato il ranch insieme, quindi si erano separati? Quando il signor Cole li aveva convocati nella biblioteca, era rimasto in piedi con il capo chino, tenendo il cappello davanti all'inguine e muovendolo in cerchio. Davanti a lui c'erano il signor Henderson e Lance. Entrambi sembravano agitati per qualcosa. Mitch credeva di sapere cosa fosse, ma se lo tenne tutto per sé.

"Voglio che lo riportiate indietro", stava dicendo il signor Cole, seduto dietro la sua grande scrivania, con gli occhi bagnati di lacrime. "Non avrei dovuto dire le cose che ho detto. È il mio unico figlio e non voglio che venga ucciso da quella... quella feccia assassina di Fort Defiance. Mi hai sentito, Henderson?"

"Certo, signor Cole", aveva detto Henderson, con la schiena dritta, orgoglioso come sempre. "Lo riporterò indietro".

"Un capanno, ha detto", aveva aggiunto il signor Cole. "Qualcosa a proposito di un capanno. Pensi che si dirigerà lì?"

"Potrebbe essere il punto di partenza".

"O forse andrà a Defiance", aveva detto Mitch, non sapendo che era il suo posto per dirlo, ma mettendo comunque il suggerimento.

Il signor Cole lo fissò con durezza e Mitch si preparò a un'ammonizione. Non arrivò mai. Invece, il signor Cole emise un lungo e basso sospiro. "Sì. È lì che hai scoperto questo verme, Banner, vero, Lance?"

"Lo era, signor Cole, ma non credo..."

Cole cancellò ogni obiezione. "Tu vai al forte, Lance. Henderson, tu vai direttamente alla capanna. Prendi Monroe".

Il signor Cole si alzò e si voltò verso la finestra. La conversazione era finita. Mitch si fece da parte per permettere agli anziani del ranch di lasciare la stanza. Sistemandosi il cappello in testa, fece per seguirli.

"Mitch", disse Cole, la voce come lo schiocco di una frusta. "Tu resta qui. Devo parlarti". Mitch si accigliò, perplesso, e guardò il suo capo. "Chiudi la porta, non voglio che nessuno ascolti quello che ho da dirti".

Obbediente, chiuse la grande e pesante porta della biblioteca e si voltò.

"Siediti, Mitch. Devo parlarti da uomo a uomo".

Confuso, prese una sedia e si sedette lentamente di fronte al suo datore di lavoro, l'uomo che aveva servito per più di sei anni. Un uomo che rispettava. Un uomo che non aveva mai visto così perso, così disperato.

"So che non c'è alcuna simpatia tra Henderson e Lance", cominciò, sedendosi di nuovo sulla sua sedia girevole, fissando il soffitto. "Ecco perché non volevo che andassero entrambi alla baita. Tu conosci i motivi, vero, Mitch?" Tornò a sedersi, muovendo leggermente la testa per studiare Mitch con vivo interesse.

Mitch aveva il cappello in grembo ora, faceva scorrere la testa tra le dita, come prima. Era nervoso, confuso. Non sapeva dove stesse andando a parare. "Un pò, signor Cole".

"Credo che tu sappia più di qualcosa, Mitch. Tu e lei eravate amanti, vero?"

Mitch alzò la testa e guardò con allarme il suo capo. "Signor Cole, non so cosa..."

"Risparmiatelo", scattò Cole. "Pensi che io sia una specie di idiota come tutti gli altri? Pensi che da quando ho smesso di cavalcare per sorvegliare il ranch da solo, sono diventato ottuso e ignorante, seduto qui alla mia scrivania con niente da fare se non sorseggiare whisky? E ora che la signora Cole non c'è più, pensi che io sia sprofondato ancora di più in me stesso".

"Non è vero, signor Cole. Tutti la rispettano e la ammirano".

"Il rispetto e l'ammirazione non c'entrano niente. Forse non sono là fuori a domare manzi, a domare cavalli, ma so cosa succede, Mitch. So di te, di Lance e di quella dannata donna".

"Signor Reuben..." Allibito, Mitch si alzò a metà dalla sedia, "Non sono sicuro che abbia capito bene. Quello che è successo tra me e... beh, non c'è paragone con quello che lei faceva con Lance. Non è giusto che voi..."

"Non ho mai detto che fosse giusto, Mitch. Niente di tutto questo. Rilassati, so tutto di quello che è successo tra voi e quella maledetta donna. Tu l'amavi, vero?"

Mitch lo fissò, incapace di esprimere uno dei numerosi pensieri che gli frullavano in testa. "Io, ehm, non saprei dirlo, signor Cole".

"Avevi dei sentimenti per lei, come Henderson e Lance".

"*Lance*"? Lance non provava nulla per lei, signor Cole. Voleva solo ottenere da lei quello che poteva. Non c'era... il signor Henderson, so che sentiva molto per lei, in senso romantico. Ma è un gentiluomo, un uomo d'onore. Non l'ha mai forzata una volta, a differenza di Lance. Lance era... Diamine, signor Cole, vuole che le faccia lo spelling?"

"Te ne sarei grato, Mitch".

Mitch si gonfiò le guance. "Non è una bella storia, signor Cole".

"Credo di averlo già indovinato. Dillo, Mitch".

"Va bene. Lance la visitava regolarmente e più la visitava e più diventava ossessionato. Il signor Henderson l'ha scoperto. Gli ha quasi spezzato il cuore, credo".

"E tu?"

"Diavolo, non ho avuto molto a che fare con lei, in tutta onestà, nonostante provassi dei sentimenti".

"In tutta onestà?" Il sorriso di Cole sembrava più un ghigno dal punto di vista di Mitch. "Non insultare la mia intelligenza, Mitch".

Respirando a fatica, Mitch si tolse il fazzoletto e si tamponò la fronte. "Beh, visto che ovviamente lo sapete... Sì, è vero. Ho avuto rapporti con lei. Molte volte".

"Quando Lance era al poligono".

"Se Lance l'avesse scoperto, mi avrebbe ammazzato".

"Sto pensando che forse l'abbia scoperto, Mitch".

"Non che io sappia".

"Era una donna sposata, Mitch. Di questo non te ne ha mai parlato? Sia lei che Lance... Buon Dio, cosa ha fatto a quel pover'uomo. Suo marito. L'ha portato alla morte, ecco cos'è successo".

"Può darsi, signor Cole, ma non è stata colpa mia. L'aveva scoperta con Lance. È stato a causa di Lance che lui..."

"Sei da biasimare tanto quanto Lance, sempliciotto". Cole oscillò sulla sedia per affrontare direttamente Mitch. Si spostò in avanti, appoggiando i gomiti sulla scrivania. "Henderson sapeva di lei e di Lance, ma credo che ignorasse il tuo coinvolgimento. Ecco perché sei ancora vivo".

"Non glielo dirà, vero, signor Cole?"

"Ti sembro un idiota?" Alzò rapidamente una mano. "Non rispondere. No, Mitch, mi servi vivo. È difficile trovare uomini validi di questi tempi, soprattutto quelli che sanno sparare. E per come stanno andando le cose a Washington... Beh, ho bisogno di continuità e normalità, per quanto possibile. Voglio che tu li segua e ti assicuri che non finiscano per uccidersi a vicenda. Tu mi riporti il mio ragazzo, sano e salvo, e poi torniamo agli affari. Com'era prima che tutte queste sciocchezze si impadronissero delle nostre vite. Gli dai un buon vantaggio e poi li segui. So che sei bravo, Mitch. Ripaga la fiducia che ho in te".

"Sì signore, signor Cole, lo farò".

"Bene, ora procurati un buon cavallo e un paio di giorni di provviste e riporta il mio ragazzo a casa".

Ora, guardando l'indiano che si muoveva rapido verso la città, Mitch aveva una terribile sensazione di presagio. Dov'era Reuben, e tutti gli spari che aveva sentito c'entravano qualcosa? Si era cacciato in uno scontro a fuoco? Aveva appena quindici anni e, per quanto ne sapesse Mitch, non aveva molta voglia di mettersi contro uomini armati intenzionati a ucciderlo. Era coraggioso, questo era innegabile. Il modo in cui aveva tenuto testa a Lance tante volte lo dimostrava, ma il combattimento con la pistola, quello era diverso.

Sperava di ottenere qualche risposta in città. Scrollando le spalle, guidò il cavallo giù per la leggera pendenza verso Saint Boniface.

CAPITOLO VENTISETTE

Aveva un'idea approssimativa della direzione da prendere. Calpestando i rami, Reuben arrivò alle tracce lasciate dagli uomini che erano venuti a ucciderlo. Le seguì, come meglio poteva, attraverso la pianura ondulata. Il terreno era duro a causa del freddo intenso e poche impronte di zoccoli erano visibili. Aveva raccolto ciò che poteva dai suoi aggressori caduti, spogliando uno dei due cavalli che aveva trovato di sacchi a pelo, acqua, gallette e munizioni prima di liberarlo. Aveva un'altra carabina Halls insieme a un paio di pistole. Se non riusciva a trovare la strada per la città di Saint Boniface, si sentiva sicuro di poter sopravvivere nelle pianure, esposto com'era alle intemperie. Se fosse stato necessario, si sarebbe diretto verso il ranch e avrebbe preso la strada di casa.

Naturalmente, pensandoci bene, le tracce lo avrebbero condotto a Fort Defiance, il luogo da cui sapeva che gli uomini di Banner erano arrivati. Tirando le redini, portò il cavallo a fermarsi e fissò la pianura infinita, la distesa di terra dura e ruvida, interrotta da pezzi occasionali di boscaglia, un panorama di desolazione, a essere onesto.

La neve arrivò, senza preavviso. La sua capacità di leggere i segni non era ancora sufficientemente sviluppata, così quando il tempo cambiò, lo colse alla sprovvista. Tirandosi la giacca intorno alla gola, si piegò sul collo del suo cavallo e cercò, come meglio poteva, di continuare ad andare avanti.

Con il vento che ululava e il freddo che praticamente gli calcificava le ossa, sapeva di dover trovare presto un riparo. Se fosse stato sorpreso lì fuori al calar della notte, sarebbe morto di freddo. Perso com'era, senza la possibilità di vedere alcuna traccia, senza sapere che direzione prendere, con il sole oscurato dal biancore vorticoso, la sua unica speranza era che il tempo potesse migliorare. Pregava per questo. Costantemente. Stringendo gli occhi, confidava che il suo cavallo trovasse la via migliore per una qualche salvezza.

Il pesante incedere degli zoccoli dell'animale suonava come un metronomo di sventura. Non sapeva per quanto tempo lui e il cavallo avanzarono. Infagottato nel suo cappotto, inadeguato com'era, Reuben rabbrividì così violentemente che i denti gli tintinnarono in bocca. I guanti di pelle da equitazione offrivano poca protezione. Le orecchie e il naso pulsavano per il dolore. Non riusciva più a sentire le dita dei piedi. Un'oscurità pigra lo travolse, e lui si aggrappò alla criniera del cavallo e fece del suo meglio per non pensare con malinconia a casa, al fuoco di legna e alla voce gentile e rassicurante di sua madre. Non aveva nemmeno quindici anni e, nonostante avesse già ucciso, non era ancora un uomo forte e coraggioso. La paura gli ribolliva nelle viscere, una paura che non aveva mai conosciuto prima. Guardando in avanti, tutto quello che riuscì a vedere era una cortina bianca impenetrabile. La bufera di neve inghiottiva ogni cosa, e sembrava infinita. Non si dava tregua. Gemette, spinse il viso più a fondo nel collo del suo cavallo e pregò di nuovo.

Presto non riuscì più a pensare né a pregare. L'oscurità, calma e placida, lo vinse lentamente e anche se sapeva che non doveva dormire non aveva più la forza, o la volontà, di opporsi.

· · ·

Il primo sentore che ebbe di qualcuno vicino fu quando aprì gli occhi e fissò il cielo su una vista di blu brillante. La tempesta era passata e lui era vivo. Mentre la realizzazione gli si insinuava nei sensi, un'ombra si spostò su di lui, oscurando il sole.

"Ragazzo, sei proprio una persona difficile da trovare".

Accigliato, Reuben cercò di distinguere il proprietario della voce, ma tutto ciò che aveva davanti agli occhi era una sagoma. Fu solo quando l'uomo si chinò che Reuben poté vederlo in faccia. Sussultò, si mise a sedere e Mitch lo spinse delicatamente a terra.

"Riposati, giovanotto. Ho acceso un fuoco e ti ho riempito di coperte e simili. Il caffè arriverà tra poco".

Sconcertato, Reuben cercò di parlare, ma aveva la gola secca, serrata, e le labbra, quando cercò di aprire la bocca, si creparono.

"Non cercare di parlare adesso. Quando avrai in corpo del cibo caldo e del caffè, le cose saranno più facili. Fino ad allora riposa e basta".

"Cavallo..."

"Che cosa? Il tuo cavallo? Sta bene. È rimasto con te dopo che gli eri caduto dalla groppa. Se fosse fuggito, non ti avrei mai visto. Eri mezzo sepolto nella neve". Mitch ridacchiò e si allontanò, lasciando Reuben a fissare il cielo con stupore e a chiedersi se Dio avesse davvero risposto alle sue preghiere.

Sedeva rannicchiato in una coperta, fissando il fuoco, con le mani avvolte intorno alla tazza da caffè di latta. Di fronte a lui Mitch si arrotolò con noncuranza una sigaretta e l'accese con un pezzo di ramoscello secco bruciato raccolto dalle fiamme.

"Che ci fai qui fuori, Mitch?"

Il cowboy ridacchiò di nuovo e soffiò fuori una lunga scia di fumo. "Perché, vorresti che non fossi venuto a cercarti?"

"No, certo che no. Ti sono grato. Mi hai salvato la vita, credo".

"È bello sapere che i miei sforzi non sono stati inutili. A dire il vero, giovanotto, sono qui fuori proprio per cercare te!".

Reuben scosse la testa, più per disperazione che altro. "Sembra che molte persone lo stiano facendo".

"Sì... tuo padre vuole dirti che gli dispiace".

"Scusa?" Reuben soffiò una boccata d'aria e si schernì: "Mio padre non chiede mai scusa, per niente!

"Beh, può essere vero, giovanotto, ma questa volta fa sul serio. Ha cambiato idea, credo, e vuole che io ti riporti indietro".

"*Indietro...?*" Reuben distolse lo sguardo, il calore della rabbia lo fece sudare. "Ho delle cose da fare".

"Qualunque cosa sia dovrà aspettare. Il signor Cole non è un uomo a cui disobbedire, e io devo tenermi il mio lavoro".

"Lance e Henderson hanno litigato".

"Litigano sempre. Sono come due vecchie lavandaie, non sono felici se non starnazzano su qualcosa!"

"No, Mitch", Reuben si voltò e guardò direttamente il volto cesellato del cowboy, "questo era più di un semplice battibecco. Lance è stato ferito, ferito molto gravemente".

"Ferito? Vuoi dire sparato?"

"No. Accoltellato. In pieno petto".

"Buon Dio onnipotente!" Mitch balzò in piedi. "Chi è stato? Henderson?"

"È stato un incidente, credo..."

"Tu *credi?* Sarà meglio che tu metta in chiaro questa storia, Reuben. Tuo padre vorrà fare i conti".

"È proprio questo, Mitch. La resa dei conti è già arrivata. Lance è fuggito mentre ... Al diavolo, i dettagli non hanno importanza. Quello che importa è che Lance si è diretto verso la città di Boniface. Forse Orso Bruno lo sta seguendo, ma non posso esserne sicuro".

"Sembra che tu non sappia molte cose, Reuben!"

"È tutto..." La pressione aumentava, Reuben si batté i pugni ai lati della testa. "Dannazione, è tutto confuso, da quando sono svenuto. Io e Henderson abbiamo dovuto resistere a quelle canaglie che mi inseguivano. Li abbiamo fatti fuori, ma Henderson non ce l'ha fatta. E nemmeno il povero Miles".

"Monroe? Cavolo, Reuben. Sono entrambi morti?" Reuben annuì. "E Lance?"

"Alla città, come ho detto. E il capo, un uomo chiamato Banner. È stato lui ad ammazzare Henderson e Monroe, credo".

"O forse sei stato tu?"

"Eh?"

Reuben rimase a bocca aperta mentre Mitch estraeva lentamente la pistola. "Ti riporto indietro, Reuben. Puoi spiegare tutto questo a tuo padre".

"No! Mitch, per pietà..." In preda al panico, Reuben si alzò e si bloccò quando Mitch fece scattare indietro il cane della pistola. Una nube terribile e gelida gli cadde addosso e lui tremò mentre lottava duramente per controllare la paura nella voce. "Mitch, ascoltami. Dobbiamo andare a Boniface. Se Lance è lì, ha bisogno di aiuto. Aiuto medico. E Banner, se anche Banner è lì... Mitch, per favore, ti prego, andiamo giù in città e scopriamo come stanno le cose. Poi tornerò con te. Non ti causerò problemi, ti do la mia parola".

"Tornerai comunque con me, Reuben".

"Sì, sì, lo so, Mitch, ma ti sto implorando. Ti prego. Devi fidarti di me su questo. Banner, lui è la ragione di tutto. È stato lui a convincere quegli uomini a inseguire Orso Bruno. È un assassino, Mitch, e deve essere consegnato alla giustizia".

Mitch sembrò scivolare in pensieri profondi. Mordendosi il labbro inferiore, alla fine lasciò cadere la pistola nella fondina. "Andiamo e torniamo...".

"Te lo prometto, Mitch. Verrò a casa con te".

Questo sembrò soddisfare il cowboy. I suoi occhi vagarono per tutto l'ambiente circostante come in cerca di qualcosa. Erano accampati in un leggero avvallamento che offriva loro un pò di protezione dal freddo pungente, ma era spazzato da una brezza costante che portava fiocchi di neve sulla pianura. "Arriveremo a cavallo lentamente. Se Lance è lì, lo troveremo, ma questo

Banner... penso che sia meglio se prima spariamo e poi facciamo domande".

"È proprio così che la vedo, Mitch". Fece un cenno verso il fagotto dei propri effetti personali che Mitch doveva aver messo lì dopo averlo trovato privo di sensi. "Avrò bisogno della mia pistola se dobbiamo affrontarlo".

Mitch gli diede un'occhiata. "Raccogli le tue cose e andiamo".

CAPITOLO VENTOTTO

Orso Bruno osservava dal suo punto di osservazione, distaccato non solo dalla distanza ma anche dalle emozioni. Lance era ormai a malapena cosciente, il sangue continuava a colare dalla sua ferita. Le donne lo avevano ricucito, ma solo perché vivesse abbastanza a lungo da poterlo impiccare.

Lance sedeva a cavallo di un vecchio ronzino rognoso, anch'esso sulle zampe traballanti. Sarebbe stato senza dubbio l'ultimo compito che avrebbe mai svolto. Il suo fardello, il povero, sofferente Lance, era pallido come il gesso bianco, i suoi occhi con le lacrime rosse riuscivano a malapena a vedere molto. La testa gli ciondolava sul petto e una sottile linea di saliva gli scorreva dalle labbra bluastre. Era vicino alla morte.

Il gruppo di ragazze intorno a lui era bonario e rideva della sofferenza dell'uomo. Il vecchio proprietario del bar, un uomo che le ragazze chiamavano Vecchio Bill, sedeva su una sgangherata sedia di vimini, una mano stretta intorno alla sua mascella rugosa. Insieme a Lance e al cavallo, Orso Bruno pensava che il vecchio li avrebbe raggiunti entrambi nella tomba tra non molto.

Un uomo più grosso e più giovane, con un grembiule sporco,

controllò il nodo prima di fare un passo indietro per ammirare il proprio lavoro. "Andrà bene, niente di speciale".

"Diavolo, speciale o no, impicchiamolo", gridò una delle ragazze, una femmina enorme con dei bicipiti che sarebbero stati bene su un pugile.

"Se si stacca e cade", disse una ragazza molto più carina, tenendo una vanga tra le mani, "lo finirò sfondandogli il cranio".

"Va bene", disse il vecchio Bill dalla sua sedia, estraendo la sua Colt Dragoon. "Hai qualche ultima parola, inutile pezzo di merda di maiale?".

Orso Bruno vide la testa di Lance alzarsi. Seguì un movimento appena percettibile delle sue labbra, ma era troppo lontano per cogliere qualsiasi parola.

"Cos'è che ha detto?" disse il vecchio Bill.

"Ha detto che puoi andare a farti fottere", ridacchiò la ragazzona.

"Beh, è così?" Il vecchio Bill sembrò ferito, alzò la pistola in aria e abbassò il cane. "Goditi la tua eternità all'inferno, pezzo di merda assassino!"

Il grosso fucile fece un boato, il vecchio ronzino urlò, scalciò e si gettò in avanti. Con una scossa nauseante, Lance penzolò dal cartello, scalciando con le gambe, cercando con ogni ultimo residuo della sua forza di liberarsi. Non funzionò e presto, in pochi orribili istanti, si afflosciò, con la lingua che sporgeva dalla faccia gonfia e venata di blu. Le ragazze urlarono di disgusto mentre Lance, già morto, si sporcava e il vecchio Bill rideva divertito.

Orso Bruno si voltò e se ne andò senza far rumore.

Muovendosi furtivamente verso il suo cavallo, Orso Bruno si fermò quando avvistò un grosso uomo che entrava in città dall'estremità della strada. Orso Bruno si abbassò per non farsi vedere e guardò l'uomo che conosceva fin troppo bene mentre richiamava il suo cavallo vicino alle stalle. Smontando, l'uomo controllò tutto intorno prima di salire i gradini dell'ufficio sul davanti.

Orso Bruno restò in attesa. Sarebbe stato il momento e il luogo perfetto per uccidere quell'uomo. Raggiungendo la Halls che aveva preso dal cavallo di Lance, ne controllò il carico e si mise in posizione prona, allineando il mirino verso le stalle. L'uomo responsabile di tutti i terribili eventi degli ultimi giorni non avrebbe saputo cosa lo aveva colpito prima di morire proprio lì, sui gradini.

Fu questo pensiero che diede a Orso Bruno un momento di esitazione. Perché quell'uomo doveva avere una morte facile? Un minuto qui, quello dopo... senza sofferenza, senza capire chi l'aveva ucciso? Nessuna consapevolezza che stava morendo per quello che aveva fatto? No, era troppo facile. Quell'uomo doveva saperlo prima che calasse il sipario sulla sua schifosa vita. In quei momenti di profonda contemplazione, l'opportunità di un'uccisione rapida e pulita svanì quando l'uomo uscì dall'ufficio, strofinandosi il mento e stiracchiandosi la schiena. Un uomo più piccolo e molto più vecchio lo seguì e andò direttamente al cavallo e lo condusse gentilmente via sul retro. L'uomo grosso, quello che Orso Bruno voleva morto, si mosse lungo la strada, ignaro che la morte aveva aleggiato su di lui per il più breve dei momenti. Ignaro, si allontanò, mentre Orso Bruno lo osservava. Presto la vista di Lance che dondolava nella pallida luce del sole lo avrebbe raggiunto, allora Orso Bruno avrebbe agito. Come avrebbe dovuto fare prima. Gli affari dell'uomo bianco dovrebbero rimanere affari dell'uomo bianco, questo è ciò che Capo Due Fiumi diceva sempre alla sua gente. Non fatevi coinvolgere in modi che non capite né apprezzate, perché la loro vita è diversa dalla nostra. E di minor valore. Capo Due Fiumi aveva visto la propria moglie colpita e uccisa da cacciatori di scalpi. Sapeva che la saggezza delle sue stesse parole era la verità. Orso Bruno avrebbe dovuto tenerla più in considerazione.

Reuben Cole gli aveva mostrato che non tutti i bianchi erano cattivi. Alcuni erano sensibili, altruisti e meritevoli di rispetto. Forse lo doveva a Reuben di porre fine a tutto questo proprio ora, finché poteva. Lasciando il suo cavallo, scivolò nell'ombra per affrontare i suoi nemici e fare giustizia.

CAPITOLO VENTINOVE

Mentre svoltavano verso l'ingresso della città, un colpo di pistola di grosso calibro li fece quasi correre al riparo. Mitch, il primo a riprendersi, afferrò il gomito di Reuben mentre il giovane si allontanava. "Non era per noi".

"Chi allora?"

Mitch scrollò le spalle e tirò fuori la pistola. "Meglio andare a dare un'occhiata".

La città di Saint Boniface era poco più di una singola strada con edifici di legno dall'aspetto pietoso su entrambi i lati. Alla fine dell'unica strada laterale c'era una scuderia, che era una piccola stalla recintata, grande a malapena per tre cavalli. Un ufficio lo precedeva. Più in basso c'era un negozio di merci, l'ufficio di un saggiatore, un altro edificio che pendeva orribilmente a destra e che era, dall'insegna appesa sopra la sua porta storta, un fornitore di carne. C'erano poi diverse abitazioni private ben distanziate e un edificio a due piani che si annunciava come una pensione. Sul davanti c'era un insieme di botteghe assortite, una era una merceria e il più imponente tra tutti era un grande saloon-locanda. Di fronte a questo c'era l'edificio che attirava tutta l'attenzione di Reuben e Mitch, perché dall'insegna pendeva il corpo di Lance, con il collo allungato all'inverosimile. Gli unici abitanti di quel posto decrepito erano un gruppo di ragazze vestite con abiti sgargianti e un uomo seduto su una sedia sgangherata, tutti riuniti intorno, che ridevano. E a guardare, un pò più in là, c'era un grosso uomo vestito in tonaca scura, con un cappello a cilindro rotto.

"Quello è Banner", disse Reuben tra i denti.

"E quello che penzola è Lance".

"Siamo arrivati troppo tardi per lui, credo".

Mitch emise un sospiro e smontò lentamente. "Non posso lasciarlo così, Reuben. Andiamo a presentarci a quel branco di assassini che schiamazzano come banshee".

Reuben prese entrambi i cavalli e li legò a un palo all'esterno di un ex locale di ristorazione, ora tutto sbarrato. Si voltò e osservò il gruppo che si muoveva intorno alla macabra scena. Erano sempre più stanchi del loro passatempo e stavano cominciando ad allontanarsi.

"Mitch, dobbiamo pensarci bene".

"Devo aiutare".

"Aiutare? È morto, Mitch. Questo è ovvio".

"Non per me, non lo è!"

Il cowboy si gettò in avanti. Reuben lo afferrò, ma Mitch lo respinse. "Lo farò da solo, se necessario, dannazione!"

"Fare cosa per l'amor di Dio?".

"Tiratelo giù!"

Il vecchio e le ragazze entrarono nel saloon. Nessuno di loro degnò Reuben e Mitch di uno sguardo, il che diede a Mitch tutto il vantaggio di cui aveva bisogno.

Uscì in strada, con la pistola in mano, e gridò: "Fermi, branco di porci!".

Si fermarono, le ragazze erano un pò agitate, il vecchio aveva la faccia spaccata in un sorriso sdentato.

"Sei un suo amico, figliolo?"

"Non c'era bisogno di commettere un omicidio in quel modo".

"*Omicidio?* È così che chiamate la legittima impiccagione di quell'uomo? Eri qui per assistere a ciò che ha fatto?".

"È un assassino", disse una delle ragazze. "Viene qui, tutto sanguinante, e noi lo curiamo. Poi uccide il povero Joshua senza motivo!"

"È giustizia", disse la ragazza grossa, piegando le braccia sul suo formidabile seno, "ecco cos'è, cowboy. Ora vattene prima che ti metta sulle ginocchia e ti sculacci il sedere".

Reuben si avvicinò a Mitch e sentì l'atmosfera carica che diventava ogni secondo più sgradevole. Si guardò alle spalle per vedere Banner che scivolava fuori dalla vista nello spazio tra un edificio adiacente e il negozio da cui penzolava Lance. Cosa stava progettando, si chiese Reuben?

Un uomo uscì dal saloon indossando un grembiule da barista. Tra le mani teneva un fucile a canne mozze. Un individuo meschino e dall'aspetto bruno, Reuben non aveva dubbi che fosse più che capace di usare l'arma con effetti devastanti.

"Mitch. Andiamo avanti".

"Parole sagge, per un giovane", gracchiò il vecchio. "Puoi portare il tuo amico con te se vuoi, ma non tornare mai più qui o impiccheremo anche te".

Le ragazze si misero a ridere e il vecchio sembrava soddisfatto di sé stesso, gonfiando il petto e schioccando le sottili labbra blu.

"Al diavolo", disse Mitch che si accucciò, tirò fuori il revolver e sparò all'uomo che teneva il fucile. Volò all'indietro, sfondando le porte ad ala di pipistrello e rimase lì, con le gambe piegate. Lanciandosi con forza, mentre le ragazze erompevano in un coro di urla selvagge, Mitch montò di corsa per le scale, afferrò il fucile, si voltò e scaricò entrambe le canne sulla calca delle donne proprio mentre Reuben si tuffava per ripararsi.

Per qualche miracolo, il vecchio sembrava illeso mentre tutto intorno a lui, le ragazze barcollavano e cadevano, alcune colpite in faccia, altre nel corpo. Il rumore delle loro bocche lamentose era assordante.

Reuben si accovacciò dietro un gruppo di casse di legno, scioccato fino alla paralisi. Non poté fare altro che guardare mentre Mitch scendeva le scale e sparava quattro colpi uniformemente distanziati al vecchio, facendolo volare come se fosse uno straccio su un bastone in una giornata di vento. Ancora prima che il vecchio si accasciasse, Mitch stava camminando a grandi passi verso il luogo in cui Reuben era rannicchiato.

"È meglio che ti riprenda, Reuben, abbiamo del lavoro da fare!"

Dopo successe tutto molto in fretta, più di quanto Reuben ritenesse possibile.

Ormai Mitch sembrava aver perso il controllo. Ignorando i gemiti e i lamenti delle ragazze colpite, attraversò il breve tratto fino a dove il corpo di Lance oscillava così orribilmente dal cartello. "Vieni qui, Reuben!"

In uno stato di stordimento, Reuben lo fece.

"Tienilo su, Reuben. Per l'amor di Dio, tienilo su, per le caviglie, dannazione!"

Distolse lo sguardo, perché non aveva alcun desiderio di fissare il volto gonfio dell'uomo che un tempo aveva conosciuto. Invece, avvolse le braccia intorno alle gambe di Lance e lo sollevò, allentando la pressione della corda.

"Dannazione", sputò Mitch, "non ho un coltello. Tienilo stretto, Reuben, sta per cadere".

Un po' di sentimento stava riaffiorando nel corpo e nella mente di Reuben. Si schiarì la gola. "Ma Mitch, come faccio a..."

Ma prima che potesse completare la sua frase, Mitch puntò il suo revolver. Un singolo colpo risuonò e recise la corda dell'impiccagione. Il corpo di Lance, un peso morto in tutti i terribili sensi del termine, si accasciò su Reuben, facendolo cadere a terra in un cumulo di membra senza vita. Urlando, Reuben uscì da sotto il corpo dell'uomo morto e si alzò in piedi, con le braccia che si sbarazzavano disperatamente della polvere e di quelli che percepiva essere pezzi del sangue secco di Lance dai pantaloni e dalla camicia.

"La smetti di agitarti come un pazzo?", disse Mitch.

"Dannazione, perché non mi hai avvertito?!"

"Smettila di urlare! In che altro modo avrei potuto farlo scendere?".

"Aiuto, avremmo potuto chiedere aiuto".

"Aiuto? Da chi, da quella vecchia poiana a cui ho sparato a morte, o da quelle puttane che ci sono venute addosso come coyote impazziti?".

"Non lo so, ma avresti dovuto avvertirmi".

"Zitto, Reuben, devi chiudere la bocca. Ne ho abbastanza della tua mancanza di rispetto. Lance qui ha lasciato questa vita in un modo che non meritava, quindi pensaci un pò su, eh. Dovremo metterlo sul dorso di un mulo o magari su un carro e riportarlo al ranch. Tuo padre vorrà soddisfazione per questo, Reuben. Ho l'impressione che potrebbe incolpare te per buona parte della faccenda".

"*Me?*" Reuben agitò le mani, "Mitch, niente di tutto questo dipende da me!"

"Beh, non sarebbe successo niente di tutto questo se tu non avessi sparato a quegli uomini che inseguivano il tuo amico indiano. Ecco la causa di tutto, credo".

"Sono d'accordo."

Entrambi saltarono al suono di questa nuova voce. In quell'istante, tutti i loro disaccordi svanirono quando si girarono per vedere il massiccio Banner che emergeva dal lato dell'edificio. Il cappotto era tirato indietro per rivelare due pistole ai fianchi. Si appoggiò alla parete del negozio, disinvolto, arrogante, con un sogghigno sul volto.

"È lui?", ansimò Mitch.

Ma Reuben era troppo rigido dalla rabbia e dall'indecisione per rispondere.

Banner, d'altra parte, sembrava a suo agio. Si spinse in piedi, sogghignando. "Credo di sì, cowboy. E qui è dove finisce".

Mitch non esitò. La sua mano volò verso la pistola. Fu veloce, colse Banner di sorpresa. Anche se l'uomo possente riuscì a liberare l'arma della fondina destra, Mitch era lì per primo, con il cane inserito e la canna puntata. "Hai proprio ragione", disse e premette il grilletto.

Quel giorno Reuben imparò una lezione preziosa, che non avrebbe mai dimenticato.

In preda all'orrore, fissò incredulo Mitch mentre il grilletto scattava su una camera vuota. Mitch non aveva ricaricato la pistola. A quei tempi, ricaricare una pistola a sei camere richiedeva tempo. Il posizionamento della polvere, della palla e del tappo richiedeva pazienza, abilità e tempo. Non era qualcosa da affrettare o saltare. Dopo aver sparato alla corda sospesa, Mitch non si era preoccupato di ricaricare, senza dubbio credendo che il pericolo non fosse più presente. E ora stava per pagarne il prezzo.

Banner emise un forte sospiro e ricadde contro l'edificio, passandosi una mano tremante sul viso. "Dannazione, figliolo, mi avevi colto alla sprovvista. Sei sicuramente veloce, ma hai il cervello di un ghiro. Ringrazio Dio per questo. Tu, ragazzo, slacciati il cinturone della pistola. Sto pensando che sei un pò più intelligente del tuo amico qui".

Per dare peso alle proprie parole, e recuperando visibilmente il senno, Banner puntò la pistola verso Reuben.

Mitch fece una mossa. Reuben voleva gridare, ma prima che potesse reagire, Banner sparò a Mitch in alto sulla spalla sinistra, facendolo volare indietro attraverso i gradini del negozio. Gemendo, rotolò sulla faccia. Dalla sua mano destra uscì un coltello, quello che aveva afferrato.

"Come ho detto", disse Banner con un sospiro, "niente cervello".

Allentò il martello in preparazione per un altro colpo.

Il fucile risuonò da qualche parte dall'altra parte della strada, ma il proiettile, tracciando una scia rovente, colpì il legno a pochi centimetri dalla testa di Banner. Banner guaì e si voltò, visibilmente scosso.

Reuben, cogliendo l'occasione, estrasse la sua pistola e sparò all'uomo che gli stava davanti.

Ora era il turno di Banner di barcollare all'indietro, guardando con orrore la crescente macchia rossa che gli si allargava sul ventre. Si fermò e girò la testa verso Reuben. "Ragazzo, sapevo che non eri stupido".

"Non chiamarmi ragazzo", ringhiò Reuben e gli sparò di nuovo in testa.

Per un momento, l'unico suono fu il vento che sollevava nuvole di neve dalla strada. Nient'altro si mosse. Riponendo la pistola, Reuben si avvicinò a Mitch e lo girò delicatamente.

"Oh, Reuben", disse il cowboy, forzando un sorriso. "Sto per morire dissanguato".

"No, non è vero", disse Reuben.

Si sedette sui gradini e cercò di controllare il respiro. Sapendo cosa era successo a Mitch, estrasse con cautela la pistola e cominciò a caricare le due camere vuote. Ma le mani gli tremavano così tanto che non riuscì a farlo e la pistola gli cadde dalle dita intorpidite. Uccidere gli sembrava ormai facile, tanto da non riconoscersi più. Pochi giorni prima, era un adolescente allegro e malconcio, che cavalcava nel ranch, in cerca di esperienze che punteggiassero la sua esistenza altrimenti mondana. Ora era un killer esperto. E l'aspetto più terrificante di tutto ciò: non provava nulla. Non considerava gli uomini uccisi dalla sua pistola più di quanto avrebbe fatto con uno scarafaggio schiacciato sotto il suo stivale.

Si raccolse e si alzò in piedi. Non c'era nessun altro. Erano tutti andati ad incontrare il creatore, come avrebbe potuto dire qualcuno come Monroe. Monroe, l'unico vero innocente in tutto questo. Così tante vite erano finite. Ne valeva la pena, si chiese?

Reuben si chinò e raccolse la pistola, controllò la carica e si avvicinò all'uomo a cui aveva appena sparato. Fissò il corpo senza vita di Banner, quegli occhi spalancati, rivolti verso il cielo, occhi che fissavano sorpresi, sconcertati. Reuben si chiese chi avesse sparato con il fucile, ma poi, quando alzò lo sguardo e vide il cavallo allontanarsi in lontananza, capì. Avrebbe dovuto chiamare e ringraziare Orso Bruno, ma forse era meglio che se andasse per la sua strada. Gli uomini al ranch non sarebbero mai stati in grado di capire o accettare che un indiano potesse fare una buona azione. Aveva salvato la vita a Reuben, gli aveva dato quel vantaggio, l'unico che gli serviva per agire e condurlo alla sua inevitabile conclusione.

Banner era morto. Era finita.

CAPITOLO TRENTA

Trovò un vecchio lenzuolo nel bordello e ne strappò diverse lunghezze che usò per fasciare la spalla di Mitch. Il cowboy ferito era seduto al bar, il viso pieno di sudore, con un curioso colore verde malato che gli tingeva le guance. Teneva un bicchiere di whisky nella mano destra, la sinistra ormai inutile.

"La pallottola è ancora lì dentro", disse Reuben. "Posso estrarla, ma... Mitch, andiamo al ranch. Possiamo farcela per domani".

Mitch annuì con la testa torvamente.

"Avrei dovuto spargli subito", disse Reuben. "Se l'avessi fatto non saresti in questa..."

"Non ti abbattere per questo, Reubs. È colpa mia. Tutta. Avrei dovuto ricaricare la pistola".

"Non ho mai visto nessuno tirare così veloce come te, Mitch".

Un piccolo ghigno sfuggì dalle labbra del cowboy. "Alla fine non mi è servito a niente, vero?"

Reuben non aveva una risposta. Riempì il bicchiere di Mitch. "Troverò un carretto o qualcosa del genere per Lance".

"Lascialo, Reuben".

Reuben si fermò e fissò il suo compagno sofferente. "Lasciarlo qui? Mitch, non possiamo semplicemente..."

"Certo che possiamo, Reubs. Dopo quello che ha fatto? A quella ragazza?"

"Vuoi dire...?" Reuben si accasciò su una sedia di fronte.

"Sì. Ascolta, ho avuto tempo per pensare. E questo", si fasciò la spalla ferita, mordendo il dolore mentre lo faceva, "mi ha schiarito le idee. Ha messo tutto a fuoco".

"Non sono sicuro di capire".

"Speravo che Lance sarebbe sopravvissuto. Sapevo che c'era un cattivo rapporto tra lui e Henderson, ma se fosse sopravvissuto, avrei potuto convincerlo a confessare. È stata tutta colpa sua, vedi. Emily Dowers. Aveva scoperto che lei aveva intenzione di scappare con Henderson".

"*Cosa?*"

"Non essere così sciaccato, Reuben. Quella ragazza... Buon Dio, se l'avessi vista. Era quasi la cosa più bella che avessi mai visto. E ci sapeva fare. Uno sguardo nei suoi occhi, il broncio della sua bocca... se la vedevi, Reuben, la volevi nel tuo letto, senza esitazione. In tutti i miei giorni non ho mai conosciuto niente di simile".

"Allora, anche tu..." Reuben si passò una mano tra i capelli, tirando le radici. "Ma il marito, lui..."

"Credo che l'abbia portata qui da New York nella speranza di riuscire in qualche modo a domarla. Non ha mai considerato una volta che gli uomini qui non hanno decoro. Siamo rozzi e senza buone maniere. È la natura del nostro lavoro. Prendiamo quello che vogliamo, senza considerazione per nessuno. È questo che è successo con lei e a tutti noi. Anche a me. Sono stato con lei. Sono riuscito a liberarmi dal suo fascino perché ho sempre saputo che era veleno. Mi ha quasi spezzato il cuore farlo, devo dire. Ma Henderson... Quel povero scemo si è innamorato di lei alla grande. E lei lo incoraggiava. Vedeva in lui una via d'uscita".

"E quando Lance l'ha saputo, l'ha uccisa?"

Mitch ha scrollato le spalle. "Anche lui. Non poteva vivere

senza di lei. Mi ha confidato una notte in cui era così ubriaco che non sapeva cosa stava dicendo. Dopo quello che aveva fatto il marito".

"Mitch, pensavo avessi detto che Lance..."

"No. Ho detto che era *responsabile*. Era andato alla capanna per litigare con lei, e il marito era lì. Litigarono e Lance lo pestò, com'era da aspettarsi. Lei gridò a Lance di andarsene, di non tornare più. E mentre lui se ne andava, sentì lo sparo".

"Buon Dio..."

"Dopo averla uccisa, il marito andò ad impiccarsi. Sarebbe stata la fine della storia, ma per Henderson. Era pazzo di dolore e Lance... Si prese il suo tempo, pianificò la sua vendetta".

"Mettendo quei mozziconi di sigaro nella cabina, per far sembrare che Henderson fosse il colpevole".

"Qualcosa del genere".

Un'improvvisa scossa di dolore gli attraversò i lineamenti e Mitch si piegò in avanti, aggrappandosi alla sua spalla.

Reuben saltò in piedi. "Mitch, Mitch, resisti! Prendi il whisky, per alleviare il dolore, e io vado a prendere i cavalli".

"Sarà meglio che ti sbrighi, Reubs", gemette Mitch senza alzare la testa.

Cavalcarono attraverso la notte a un ritmo costante, Reuben temendo che qualsiasi movimento improvviso potesse far muovere il proiettile nella spalla di Mitch e causare altro dolore. Mitch, accasciato sul collo del cavallo, emetteva qualche gemito occasionale, ma a parte questo, mostrava pochi segni di disagio. Reuben, tuttavia, sapeva che il tempo correva contro di loro e non poteva permettersi di fermarsi. Mentre l'alba tracciava strisce di rosa e malva nel cielo, desiderava riposare e sentiva che per Mitch doveva essere lo stesso, ma il ranch si trovava ormai a poche ore di distanza. Quando fossero stati a un tiro di schioppo, Reuben sarebbe partito al galoppo verso la terra di suo padre, avrebbe chiamato il dottor Miller e avrebbe fatto sistemare Mitch. Questo era il piano.

Naturalmente, come la maggior parte dei piani, le circostanze si misero in mezzo.

Non molto tempo dopo che il sole aveva fatto capolino all'orizzonte, Mitch scivolò dalla sella e colpì duramente il terreno. Rimase immobile. Orribilmente immobile e Reuben gli fu accanto in un batter d'occhio, sollevando la testa, in procinto di versare acqua nella bocca spalancata e rigida dell'uomo.

I suoi occhi erano aperti. Fissavano il nulla.

Reuben era arrivato troppo tardi.

CAPITOLO TRENTUNO

Non aveva molta voglia di mangiare e giocava con le uova che suo padre insisteva per cercare di fargli mandare giù.

Alla fine, nauseato, Reuben spinse via il piatto e si sedette. Sentì gli occhi di suo padre che lo fissavano.

"Ti ho fatto un torto", disse suo padre dopo una lunga pausa. "Ti ho fatto un torto e mi dispiace".

Alzando il viso, Reuben considerò i lineamenti ingrigiti di suo padre. Era invecchiato negli ultimi giorni, il peso dello stress e dell'ansia gli stavano costando caro. Sapeva anche quanto fosse difficile per un uomo come lui offrire delle scuse. Orgoglioso, intransigente, sicuro della sua incrollabile rettitudine, Reuben non riusciva a pensare a nessun'altra volta in cui suo padre avesse mai mostrato rimorso, rimpianto o, in questo caso, ammissione di un errore. Ma eccolo qui, e lo accolse con favore, nonostante la rabbia che gli ribolliva dentro.

Con la perdita degli uomini migliori di suo padre - Lance, Henderson e Mitch - a Reuben era stato offerto il lavoro di caposquadra, ma naturalmente aveva rifiutato. Era troppo giovane. Il ranch aveva bisogno di un uomo di esperienza, di onore, un uomo da rispettare.

"Sarà difficile trovare qualcuno come lui", disse suo padre, fissando il piano del tavolo, il viso serio, contratto per la preoccupazione. "Le notizie dall'est sono brutte, Reuben. Sembra che i secessionisti della Carolina del Sud abbiano attaccato un forte, bombardandolo con i cannoni e costringendolo alla resa".

"Cosa significa, papà?"

"Significa che il presidente reagirà e farà rispettare lo stato di diritto in quello Stato. Il che può significare solo una cosa".

"La guerra? Ma come può uno Stato resistere alle forze del paese?".

"Non possono, ma ho sentito voci che altri stati si uniranno alla Carolina del Sud, formeranno il loro governo e si staccheranno. Secessione. Lincoln non lo permetterà".

"Non capisco niente di tutto questo, papà".

"Prendo atto di quel che hai detto, Reuben, sulla tua mancanza di esperienza e tutto il resto, ma questi sono tempi particolari, e non abbiamo molta scelta".

"Che ne dici se vado a Fort Defiance e cerco un nuovo caposquadra? Potrei essere fortunato".

"Sei sicuro di sentirti all'altezza?"

"Credo che sarà il modo migliore per togliermi dalla testa tutto quello che è successo, papà".

"Potresti avere ragione, ma Fort Defiance? È dove è iniziato tutto questo. E se quel Banner avesse degli amici lì?"

"Ne dubito".

"Ma se li avesse?"

"Allora me ne occuperò io. Papà, se hai fiducia nel fatto che io sia il caposquadra qui, e che dia ordini a uomini che hanno lavorato nella prateria per tutta la vita, allora devi credere che io sappia badare a me stesso contro degli stupidi pistoleri".

"Se sono stupidi".

"Credo che lo siano, visto quello che so degli uomini che hanno cavalcato con Banner. Avrebbe scelto i migliori tra di loro e per Dio, papà, non erano migliori di niente!"

"Non dire parolacce, Reuben".

"Sì. Scusa, papà".

Suo padre si mordicchiò il labbro inferiore per qualche istante, perso nei suoi pensieri. Poi, con improvvisa risolutezza, schiaffeggiò il piano del tavolo con entrambe le mani. "Sì, perbacco. Vai lì e scegli un buon uomo, Reuben. Usa ogni grammo di quell'ingegno che ti ha permesso di superare tutto questo. Porta indietro un bravo ragazzo".

Raggiante, Reuben si alzò in piedi, fece un piccolo cenno e andò a prepararsi.

Il tempo era chiaro e frizzante, le tempeste di neve erano finite, il paesaggio ondulato era un manto bianco ma non più infido sotto gli zoccoli mentre lui cavalcava, la sciarpa sulla bocca, il colletto foderato di pelliccia tirato su intorno alla gola.

Nel tardo pomeriggio, si rimise in sella. Fort Defiance era annidato in un avvallamento a una trentina di minuti di distanza. Senza voltarsi, prese fiato e parlò. "Non pensavo che ti avrei rivisto per un pò".

Ridendo, Orso Bruno gli si avvicinò. "Sei bravo, mio giovane amico".

"Non dovevi andartene come hai fatto. Non dalla capanna, non da quella dannata città".

"Avevo poca scelta. Mi avrebbero riportato a casa di tuo padre e mi avrebbero linciato, come hanno tentato di fare prima".

"No. Io avrei..."

"Non avresti potuto fermarli una seconda volta".

"Ma non avevi fatto niente!"

"Pensi che questi dettagli siano importanti per uomini come lui?". Scuotendo la testa, guardò giù verso il forte. "Quegli uomini, quello chiamato Banner, si dilettavano a causarmi dolore. Queste cose non finiranno mai, amico mio. Ci saranno sempre uomini come quelli, ovunque io o altri del mio popolo andremo".

"Le cose potrebbero cambiare, amico mio. Ci sarà una guerra, me l'ha detto papà. Una guerra per liberare gli schiavi".

"Credi che porterà la libertà?"

"Io..." Reuben si accigliò, scrollò le spalle e guardò altrove. "Non sono nemmeno sicuro di cosa significhi libertà. Il diritto di fare e dire quello che vuoi, credo. Non importa il colore della tua pelle. È così che dice papà, e io sono d'accordo con lui".

"Anche se quello che vuoi è uccidere gli altri perché non sono come te? No, Reuben, è meglio che io rimanga lontano, distante, nell'ombra, fino a quando questo guaio che tu dici che sta arrivando non sarà finito".

"È complicato, immagino".

"Allora, al nostro prossimo incontro..."

Reuben si voltò e allungò la mano. Orso Bruno la prese. "Grazie", disse Reuben.

"Era un modo per pagare il mio debito nei tuoi confronti, amico mio. Ma è un debito che non è ancora stato saldato del tutto".

Prima che Reuben potesse rispondere, Orso Bruno tirò le redini del suo cavallo e lo mise al galoppo.

Reuben guardò l'amico scomparire in lontananza fino a quando non fu altro che una macchia grigia sui campi di bianco puro.

C'erano dei soldati al forte. Mentre Reuben legava il cavallo, si guardò intorno. Uomini vestiti di blu si mescolavano tra i molti tipi dall'aspetto rozzo che uscivano dal saloon. C'erano molte risate e pacche sulle spalle e Reuben guardò e si chiese cosa stesse succedendo. Smontò e quasi immediatamente, una mano grande e forte gli si strinse intorno alla spalla. Istintivamente allungò la mano per prendere la pistola, ma il proprietario della mano, un enorme soldato dal volto allegro che sfoggiava strisce da sergente su entrambe le braccia, si limitò a ridere.

"Fermo lì, giovanotto, non voglio farti del male".

"Scusa", disse Reuben, rilassandosi un pò.

"Cosa ci fai qui? Se stai cercando un pò di divertimento, il forte chiuderà i battenti tra non molto. Ecco perché siamo qui. Compagnia D, decimo reggimento di fanteria, esercito degli Stati Uniti. Questi uomini che vedi intorno a te, sono vagabondi, aspiranti cercatori d'oro, perdigiorno. Stiamo offrendo loro la possibilità di servire, di fare qualcosa delle loro vite altrimenti miserabili".

"Servire?"

"Sì, arruolarsi nell'esercito degli Stati Uniti. Abbiamo bisogno di giovani di calibro, di abilità. Vedo dal tuo abbigliamento che non sei un vagabondo".

"Mi chiamo Reuben Cole. Sono un capo ranch del ranch di mio padre".

Il soldato emise un fischio silenzioso. "Allora, sei abituato a occuparti di cavalli e bestiame?"

"Sono un segugio".

Reuben vide l'espressione dell'uomo cambiare, da un interesse disinvolto a un'attenzione totale. "Un *segugio?*"

Reuben annuì. Era una bugia, ma forse non così grande. Orso Bruno gli aveva mostrato tante cose e alcune le aveva già messe a frutto.

"Va di bene in meglio! Sembra che la provvidenza sia su di noi, mio buon giovane amico. Che ne dici di unirti a noi come segugio dell'esercito?".

"Direi che sarebbe una cosa molto bella, signore".

Il sorriso smagliante del sergente si allargò, e batté quella mano enorme sulla spalla di Reuben, facendolo quasi cadere dall'equilibrio.

"Dovrei informare mio padre, però. Mi ha mandato qui a reclutare uomini per aiutarlo al ranch. Abbiamo avuto dei problemi, vede. Abbiamo bisogno di rimpiazzi".

"Beh, possiamo fare quello che possiamo, ma ci è stato ordinato di muoverci in fretta. Gli eserciti si stanno ammassando, giovanotto, e abbiamo poco tempo a disposizione".

"Devo farglielo sapere".

"Allora lo faremo. C'è una cosa. Sembri un pò giovane, scusami se te lo dico. Ma quanti anni hai?"

Senza esitare, Reuben pronunciò un'altra bugia: "Avrò diciannove anni il mese prossimo".

E con questo Reuben fu reclutato nell'esercito degli Stati Uniti come scout.

Presto le ostilità sarebbero diventate più che voci e gli anni della formazione lo avrebbero aiutato a diventare un uomo d'azione.

Fine di questa prima puntata dei primi giorni di Reuben Cole.

Caro lettore,

Speriamo che leggere *Nato per Seguire le Tracce* ti sia piaciuto. Per favore, prenditi un attimo per lasciare una recensione, anche breve. La tua opinione è molto importante.

Saluti

Stuart G. Yates e il team Next Chapter

Nato Per Seguire Le Tracce
ISBN: 978-4-82412-479-1

Pubblicato da
Next Chapter
1-60-20 Minami-Otsuka
170-0005 Toshima-Ku, Tokyo
+818035793528

26 Gennaio 2022